日文語感
速成班

60堂YouTube影音情境式教學

楊筠 Yuna ／著

晨星出版

https://video.morningstar.com.tw/0170022/0170022.html
　　1. 全書例句MP3雲端音檔（使用電腦即可下載）
　　2.「日文語感速成班」60堂YouTube影音課程

作者序

哈囉大家好！我是楊筠 Yuna。

首先，由衷感謝購買此書的各位。對於自學日文起家、對書有著異常喜愛的我，這本書的誕生，無疑賦予了過往學習經驗一個別具意義的里程碑。

誠如簡介所述，筆者本身並不是日文背景出身，一路走來幾乎都是靠著自行摸索，過程辛苦但也給了我無價的收穫。過往經驗讓我得以從自學者的角度，客觀地分析、看待自學時會碰到的諸多問題、設計出有別於以往傳統編排、適合在家自修的初階日文課程。

本書的每個單元都有一篇我親自手繪的漫畫，透過劇情帶領著讀著們進入該單元的學習主題。自小我就喜愛看少年漫畫，求學時期也曾跟許多人一樣，喜歡在課本上畫滿自己的塗鴉，沒想到多年後還能重拾生疏的畫筆，替這本書增添一些樂趣，十分感謝出版社願意給我機會做這樣的嘗試與發揮。

主題的選擇上，以詞類去做章節分類，再從中挑選出那些**「看似簡單卻容易用錯的」**、**「意思很相近不知道差別為何的」**、**「用法很複雜時常搞不清楚使用時機的」**，統整出來並進行詳細的比較。

「語感」是學習語言時的一大關卡，有時候翻譯上看起來都正確，但是實際上日本人卻不會這樣使用；**學習語言時，還需要了解使用情境和使用習慣，才能讓我們更精確地抓住各個用法的使用時機。**

本書的主旨是為了幫助學習者們，針對那些令人困擾的混淆概念作釐清和解析，省下許多查找資料的時間。書中有許多用法在當年也困擾了我許久，期許能透過這本書，讓初學者們對於這些看似簡單卻又容易混淆的重要基礎概念有更進一步的認知。

蓋高樓前，先把地基打穩，相信能夠讓往後的學習之路更加踏實。由於筆者才學尚淺，倘若書中有未盡完善之處，還望先進不吝指正、賜教。

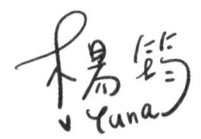

再版序

感謝購買本書的各位，本書的前身是《最強日文語感增強術》，是我的第一本著作，未臻完善之處，也承蒙了各位先進與同好的指教，不勝感激。

修訂版《日文語感速成班》，我們添加了YT的影片教學，好讓讀者能夠更容易理解這些用法的關鍵差異，希望對各位的學習有實質上的幫助。在這幾年的沉澱中，我也有了一些新的體悟，想與大家分享。

日文教學領域，一直以來都是維持在僧多粥少、競爭紅海的局面。每一位來預約一對一諮詢的朋友，我都會問他們：「網路資源那麼多，很多人都有分享過他們的學習方法了，自學學得很好的人也不在少數，為什麼你會想要付費學習、找人引導你呢？想辦法自己解決不好嗎？」這一直以來都是我非常好奇的問題。

這幾年，漸漸體會到：大到你現在的人生、小到你每天的決策，都是你選擇來的。不管是要做出選擇、或者不做選擇；不管是願意還是不願意，你都要迎來相對應的代價。

會說出：「學日文就是每天多背幾個單字。」「我用網路的資料學就好了。」「根本不需要花一毛錢！」而沾沾自喜覺得聰明的朋友們，你們顯然沒有理解這個世界運行的規律。然而，根

據我的觀察，這些話大多都是來自沒有學成的人斷下的妄語。當然，我不否認靠自學就學得很好的人，大有人在。但他們每一個人，也肯定都付出了相對應的代價。

另外一個影響的因素是：「天賦」。做任何一件事，都需要天賦。那是我們與生俱來的原廠設定，你無法跟它對抗。沒錯，你明明比他人更加倍努力，但為什麼就是學不起來？別人為什麼可以學得那麼輕鬆？你可能曾為此感到不平。

拿一個大家都經歷過的例子來說：就像我們在學時期那樣，有些同學對體制內的教育就是如此得心應手。我們花費的精力和時間可能不遜色於人，但成果卻怎麼樣都沒有起色。

那確實讓人挫折⋯⋯

那代表了什麼？代表我們沒有這方面的天賦。
試過了，認知到自己是真的不行，那就早早放棄吧！別執著在沉沒成本上。體制內一時的成就無法代表你是個怎樣的人，更無法定義你接下來的人生。

祝福你們：都能早日找到自己的天賦，發展出自身的理念，並將此貢獻給他人、回饋於社會。

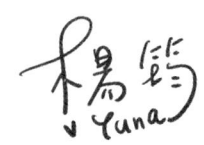

目次

作者序............ 003
再版序............ 005

I 那些容易用錯的慣用語們

01. 從道歉方式看出事情大條的程度？▶ 路上有三寶，撞到要自保
　　ごめんなさい　　すみません 014
02. 令人傻傻分不清的曖昧回應方式 ▶ 最夯的泡麵吃法來了
　　いいです　　いいですね 018
03. 感謝也有過去時間的用法？▶ 無所不在的三寶
　　ありがとう ございます　　ありがとう ございました 022
04. 想保飯碗，輩份關係要留意 ▶ 比老闆早下班的勇氣
　　お疲れ様です　　ご苦労様です 026
05. 沒事別亂說「莎喲娜啦」？▶ 戀愛瞬間告吹的方法
　　さようなら　　また明日 030
06. 各種招呼語的使用時機 ▶ 日文招呼語變變變
　　こんにちは　　お疲れ　　お久しぶり 034
07. 如何表達謙遜又不顯失禮？▶ 打發客人的方法
　　いいえ　　どういたしまして　　とんでもない 038
08. 為什麼好心幫忙卻被誤會耍大牌？▶ 一秒惹怒老闆
　　持ってあげる　　お持ちする 042
09. 蝦米？「啾都媽 day」不是等一下的意思？
　　▶ 我沒有要對你怎麼樣
　　ちょっと待って　　ちょっと待ってて 046
10. 講「甘巴茶」可能會變成提油救火？▶ 火上加油的方法
　　頑張って　　大丈夫だから 050
11. 「大丈夫」不是沒問題的意思？▶「歹就布」先生
　　大丈夫　　平気 054
12. 「我知道了」的箇中奧妙？▶ 三度犯錯的佐藤
　　了解する　　承知する　　分かる 058

II 令人抓狂的相似用法大解惑！

13. 言談中透露出說話者的主觀程度？ ▶ 羊桑的煩惱
から　ので 064

14. 算計許久還是已經下手為強？ ▶ 家庭主婦的怨氣
つもり　予定 068

15. 十拿九穩還是無法控制？ ▶ 留在日本的方法
ように　ために 072

16. 你就是我的唯一 ▶ 求婚的方法
だけ　しか 076

17. 有憑有據說話比較大聲？ ▶ 超商的正妹店員小秋
はず　わけ 080

18. 錯綜複雜的「程度」表達方式？ ▶ 最嚮往臉蛋大賞
くらい　ほど 084

19. 誇獎或反諷只是一線之隔？ ▶ 小和與小秋的約會
おかげで　せいで 088

20. 有照有證據！親眼看見還是八卦消息？ ▶ 小鮮肉業務員登場
そうだ　ようだ　らしい 092

21. 話要說好來呀……比喻的表達方式 ▶ 一秒惹怒女友的方法
らしい　みたい　っぽい 096

22. 該做的準備動作可不能少 ▶ 上診所看病
てから　たあとで 100

23. 持續進行還是一次就結束了？ ▶ 我會一直等著妳的
まで　までに 104

III 時態與相似句型

24. 願望可以很多個，但老婆只能有一個
▶ 我們本來也想跟老婆結婚的
～たい　～ようと思う 110

25. 有禮貌的孩子才會得人疼 ▶ 搭飛機這檔事
～てください　～てもらえませんか 114

26. 自己個人看法還是普遍的認知？▶ 網路亂象
　　〜したほうがいい　　〜するほうがいい 118

27. 有在動還是沒在動的？▶ 小強之亂
　　います　　あります 122

28. 是自己決定還是身不由己？▶ 小三的下場
　　なる　　ことになる　　ことにする 126

29. 感恩與諷刺也只在一線之隔？▶ 妳想對我老公幹嘛
　　〜てくれる・〜てもらう　　〜てあげる・〜てやる 130

30. 如何表達「有人事先做好了」？▶ 手機也要洗得乾淨溜溜
　　〜ています　　〜てあります 134

31. 你「被」害了嗎？▶ 我要加倍奉還
　　〜が来ました　　〜に来られた 138

32. 是結緣還是離緣了？▶ 初為人妻的滋味
　　結婚しました　　結婚しています 142

IV 助詞

33. 今晚，你想來點什麼？▶ PASTA 的藝術
　　が　　を 148

34. 輸人不輸陣！管他房子是不是在台北？▶ 土豪前男友
　　に　　で　　を 152

35. 出門還是出遠門？▶ 女兒離家出走了
　　を　　から 156

36. 朝著目標向前行▶ 體力不支的男子
　　に　　を 160

37. 一廂情願還是互相有約？▶ 軟男悲歌
　　に　　と 164

V 動詞

38. 不知道還是不想管？▶ 飲水機壞掉了
    知る　分かる 170
39. 聽得到還是聽得見？▶ 熊熊奇緣
    聞こえる　聞ける 174
40. 一人言還是雙向溝通？▶ 漫畫家的一天
    言う　話す 178
41. 學習的各種方式 ▶ 現代人十八般武藝
    勉強する　学ぶ　習う 182
42. 刻意去看還是映入眼簾？▶ 武哥的魅力
    見る　見える　見られる 186
43. 是放涼還是弄冷？▶ 透心涼「冷」拉麵
    冷ます　冷やす 190
44. 是通過還是穿過？▶ 那些年，我們追過的屁孩
    通る　通す　通う　通じる 194
45. 我借？你借？究竟是誰借給了誰？▶ 從小借到大的朋友
    貸す　借りる 198
46. 工作地點與受雇公司的差異 ▶ 討厭的遠房親戚
    働く　勤める 202
47. 是躺著還是睡著了？▶ 站著也能睡
    寝る　眠る 206
48. 是回家還是回去？▶ 準時回家錯了嗎
    帰る　戻る 210
49. 以旅館為家？▶ 旅館浪人
    住む　泊まる 214
50. 打開時的開法也有差？▶ 芝麻開門
    開く　開ける　開く 218
51. 親自送上車還是讓你自行上車？▶ 腳踏車後座的青春時光
    乗る　乗せる　乗らせる 222
52. 是鹹豬手還是不小心？▶ 色狼啊！
    触る　触れる 226

VI 副詞／形容詞

53. 究竟會不會實現？ ▶ 總有一天會買給你的
　いずれ　　そのうち 232

54. 差一個字差距甚遠？ ▶ 網路亂象 PART2
　さすが　　さすがに 236

55. 你是哪一種「手」？嚇到吃手手！ ▶ 我這方面不太行
　下手　　苦手 240

56. 誇獎不成反而惹惱對方？ ▶ 我覺得你的能力挺不錯
　かなり　　結構 244

57. 是滿心期待還是不得不面對？ ▶ 終於到了這一天
　いよいよ　　とうとう 248

58. 是忍不住還是沒留意？ ▶ 摔破杯的孩子
　つい　　うっかり 252

59. 說「無聊」可能會傷到對方？ ▶ 妳為了這麼無聊的事在煩惱喔
　つまらない　　くだらない 256

60. 秀出自己的拿手絕活 ▶ 人類觀察
　上手　　得意 260

後記：自學歷程 264

I

那些容易用錯的慣用語們

01. 從道歉方式看出事情大條的程度？

ごめんなさい／すみません ▶路上有三寶，撞到要自保

完了完了
要遲到了……！

快馬加鞭

我撞

哎喲喂呀

撞到人了……

啊……
啪謝啪謝

喂！小哥你是看哪走路的？
撞到人隨便道歉一下就算了嗎？

真的非常抱歉！
本当に申し訳ございません！
(ほんとう　もう　わけ)

差異比比看

● ごめんなさい

「ごめんなさい」為道歉時的用語，它跟「すみません」的差別在於：「ごめんなさい」用在「當場道歉就可以解決的事」。

我們來看一下語源，如果把「ごめんなさい」寫成漢字的話，是「御免なさい」，也就是「請你原諒我」的意思。適合用在當場道歉就可以獲得對方原諒的事：比如說，跟朋友約好見面結果遲到、在路上撞到陌生人等。

● すみません

為「不好意思、對不起」的意思，用途非常廣泛，算是使用頻率最高的慣用語之一，舉凡「道歉」、「搭話」、「道謝」時都可以使用。

當作「道歉」時，與「ごめんなさい」的最大差別在於，「すみません」用在「當場道歉也無法解決的事」。

「すみません」寫成漢字的話是「済みません」，「済む」是「完成、結束」的意思，搭配上否定形的「ません」，就變成「還沒解決、還沒結束」的意思，用在工作上犯的失誤、無法挽回的過錯等等。

當作道歉用法使用時，除了表達歉意之外，有時還隱含了「拒絕」的涵意在裡頭（比如：拒絕別人的告白時），除此之外，還可以用在「道謝」。

什麼？連道謝時都可以用嗎？沒錯，**有時比起說「謝謝」，反倒會傾向以「すみません」來表達「不好意思」及「感謝」的情緒（會因人而異）。**

例如，收到禮物時，可以說一聲「すみません」，來表達「不好意思讓你破費了」的語氣。

▶▶▶ 哪一種講法比較有禮貌？

關於「ごめんなさい」跟「すみません」的另一個疑惑是：究竟哪一個講法比較有禮貌？

其實兩者都算是禮貌的用法，只是使用的情境不同。不過**在文書或者信件往來的時候，會傾向使用「すみません」以及下方介紹的「申し訳ございません」（正式場合）居多。**

學習延伸用法

◉ 申し訳（もうわけ）ございません

「ございません」為「ありません」的敬語升級版，**此說法是在「感到非常抱歉、犯了無可挽回的錯誤」時使用的敬語，通常用在職場上居多。**

舉凡任何需要磕頭謝罪、表達「最高程度的歉意」時就會用到（經典日劇《半澤直樹》就是個很好的例子）。

情境對話

▶▶▶ 問路時……

すみません、東京スカイツリーに行きたいんですが。
不好意思，我想去東京晴空塔。　※問路的時候

ここをまっすぐ行けば見えますよ。
直走就會看到了喔！

ありがとうございます。
非常謝謝你。

▶▶▶ 點餐時……

すみません、お会計お願いします。
不好意思，麻煩幫我結帳。

はい、かしこまりました。
好的。

02. 令人傻傻分不清的曖昧回應方式

いいです／いいですね　▶最夯的泡麵吃法來了

阿和，今天要不要跟姊姊一起去夜市啊？

好欸！
いいですね。

哇～～～
看起來都好好吃喔！

人潮洶湧

有了有了～
就是這個！

你看！
是最近很紅的布丁拉麵喔！
要不要嘗試一下啊？

呃，我就免了吧……
私(わたし)はいいです。

差異比比看

🔵 いいです

這是一個很難纏、曖昧的用法，它同時可以表達「肯定」與「否定」的意思：

一、被用來詢問**對方的意願／意向**時，「いいです」表**否定**。

　　例 A：袋（ふくろ）は要（い）りますか？
　　　　您需要袋子嗎？

　　B：いいです。
　　　　不了。

二、被用來**請求許可**時，「いいです」表**肯定**。

　　例 A：これを食（た）べてもいいですか？
　　　　我可以吃這個嗎。

　　B：いいです。
　　　　可以。

三、另外，還有加上語尾詞「よ」，說成「いいですよ」的說法，在大多數情況下，可以依照「語調高低」去分辨是肯定還是否定的意思：

　　❶ いいですよ↗：肯定。（可以啊、好啊）

　　❷ いいですよ↘：否定。（不要、不用了）

另外，「不要、不用了、不需要」也可以更直白的講成：「いらない」（要（い）らない），但因為「いらない」聽起來語氣太過直接，為了不要傷害到對方，通常會習慣用相對較委婉的「いいです」來拒絕。

Ⅰ　那些容易用錯的慣用語們　　19

いいですね

　　加了語尾詞「ね」的「いいですね」用來「贊同對方想法」，也可以用來評價事物，「ね」這個語尾詞本身就帶有「認同」、「確認」的涵意。

　　若說話對象為較親近的朋友或家人，可以去掉「です」直接講成「いいね」，傳達的意思也是一樣的。如果想回答完整一點的話，可以在「いいですね」的後方補充說明，比如：「いいですね、行きましょう。」（好啊，我們一起去吧）。

學習延伸用法

いいんです

　　比起「いいです」，「いいんです」聽起來給人的感覺較為強烈。同樣地，在以「いいんです」表達拒絕、否定涵意的時候，語調會下降。

本当に大丈夫です

　　當我們想要拒絕對方，卻被對方當作是在講客套話、不是真心要拒絕時，這時可以加上副詞「本当に」，來進一步表達「自己是真的不需要、不用、沒關係」的強烈語氣。「本当に」是中文「真的」（強調語氣）、英文「really」的意思，搭配上聽起來相對委婉的「大丈夫です」，才不會給人不愉快的感覺哦。

情境對話

▶▶▶ 提議時……

お茶でもいかがでしょうか？
要不要喝杯茶呢？

いいですね、お茶が大好きですよ。
好啊，我最喜歡喝茶了。

▶▶▶ 超商結帳、被詢問意向時……

袋は要りますか？／
袋はご利用でしょうか？
請問有需要袋子嗎？

いいです。
不了。

▶▶▶ 加強拒絕語氣時……

何遠慮しているの？もう一杯飲もうよ！
你在客氣什麼呀？再喝一杯啦！

本当に大丈夫です。お酒に弱いですから。
真的不用了。我不太會喝酒。

Ⅰ 那些容易用錯的慣用語們　　21

03. 感謝也有過去時間的用法？

ありがどうございます／ありがどうございました

▶無所不在的三寶

這不是麥X勞！
這不是麥X勞啦！

嗚哇，小孩一直狂哭……
當媽媽真的好辛苦呀……

打工中

真傷腦筋……

別哭了啦！
你這樣讓媽媽很困擾……

那個，您不嫌棄的話
這個是招待你們的……
拿點甜食給他吃
應該就不會一直哭了……

剛剛真是謝謝您了，幫了我一個大忙……
先ほどはありがとうございました。

結帳時

不好意思，真是謝謝您。
すみません、ありがとうございます。

不會啦……

一小時後

お会計

影片解說 3分21秒 ｜ 例句音檔 MP3 03

差異比比看

「ありがとうございます」跟「ありがとうございました」為「ありがとう」的禮貌加長版，這兩者之間在使用時並沒有很明確的差別。硬是要區分的話，那就是**以「與對方的這種感謝關係是否已結束」、動作是「剛發生的」還是「已經發生一段時間了」**等，去區分它們使用時機。

● ありがとうございます

表「現在時間」的「ありがとうございます」為「ありがとう」的加長版，**聽起來比「ありがとう」更禮貌、穩重，用在「感謝對方的關係尚未結束」，或者「對方動作剛結束」**時使用。

只要在前方加上想要道謝的具體事項／事件，就可以靈活運用在各種情境上。例如，職場面試時經常使用的「今日(きょう)来(き)てくれてありがとうございます」（感謝您今日前來）；工作上感謝前輩的指導時可說「教(おし)えてくれてありがとうございます」（感謝您的指導）；想表達對家人的感謝時則說「いつも支(ささ)えてくれてありがとうございます」（感謝您一直以來的支持）等。

● ありがとうございました

為「ありがとうございます」的過去時間版，強調的重點放在「**感謝對方一直以來／剛剛／之前**」所做的事，例如同事離職時，你想對對方表達全面性的感謝，這時就可以說「いろいろとありがとうございました」（感謝您一直以來的諸多幫忙），與「お世話(せわ)になりました」（受您關照了）一樣，通常會以過去時間來表達的道理相同，強調「一直以來／過去」受您照顧了。

I 那些容易用錯的慣用語們　23

學習延伸用法

● どうも

　　可以當作程度輕微的道謝用語使用，通常用在親近的朋友、家人身上。如果想要提升感謝的程度，則可以說成「どうもありがとう」，除了用來表達感謝之情外，還有幾個特殊的用法：

❶ 程度「輕微的打招呼」

例 どうもこんにちは。
　　你好。

❷ 表達「無論如何都無法接受」時

例 どうも納得(なっとく)いかない。
　　實在是無法接受。

❸ 表達「原因不明」時

例 どうも気合(きあい)が入(はい)らない。
　　不知怎的實在是沒有幹勁。

● 感謝(かんしゃ)します

　　較常使用在正式場合上，等同於「ありがとうございます」。

　　「敬語」除了會在動詞上做變化之外，其搭配的名詞、助詞等詞彙的講法也都會跟著隨之改變，但意思上並無差異。比如，敬語裡會習慣把「から」（從……）改成「より」，與其搭配產生的慣用句為「心(こころ)より感謝(かんしゃ)いたします」（由衷真心感謝您）。

　　另外，如果上司是個暖男／女，常常關心下屬是否吃得飽穿得暖的話，也可以對他說「お気遣(きづか)い感謝(かんしゃ)いたします」（感謝您的關心），來感謝對方的關懷。

情境對話

▶▶▶ 同事離職時……

今まで本当にありがとうございました。
一直以來真是謝謝您了。

お世話になりました。
承蒙您的照顧了。

▶▶▶ 收禮物時……

プレゼントありがとうございます。
謝謝妳的禮物。

大したものじゃないけど。
一點小意思，不是什麼大禮。

04. 想保飯碗，輩份關係要留意

お疲れ様です／ご苦労様です ▶比老闆早下班的勇氣

唉，昨天不小心看劇看太晚沒睡好，精神好差啊⋯⋯今天乾脆早點下班好了。

部長工作辛苦了，那我就先告辭了。
部長、ご苦労様です。
お先に失礼します。

⋯⋯部長？

鴉雀無聲

你的講話方式⋯⋯聽起來真讓人不爽呢⋯⋯

咦？我說錯什麼了嗎？

影片解說 1分46秒　例句音檔 MP3 04

差異比比看

● お疲れ様です

　　中文「你辛苦了」的意思，為常用慰勞用語之一，視情境也可當作招呼用語使用。比如，日本大學生們見到朋友時，有的人會習慣向對方說「お疲れ」，這時它的用意比較接近「打招呼」，因為語氣很輕鬆而且對象大多是平輩，所以通常會直接省略敬語和禮貌體結尾的「様」跟「です」。

　　使用對象上，廣泛應用在各種商務情境上的「お疲れ様です」，不管是上屬對下屬、下屬對上屬，又或者是平輩同事之間，都是可以使用的。

　　使用時機上，除了用來慰問對方工作的辛勞之外，對方出差後回到公司、或茶水間遇見同事時，也都會習慣說一句「お疲れ様です」。

　　要注意的是，「お疲れ様です」用在「對公司內部的人」為主。在商務信件裡，若收件者是自己公司同仁的話，通常會以「お疲れ様です」為開頭，但**如果收件對象是「公司外部的人」**，則用「お世話になっております」（一直以來承蒙關照）來開頭會比較適切。

Ⅰ　那些容易用錯的慣用語們

ご苦労様です

跟「お疲れ様です」一樣為慰勞用語，意思是相同的。但是，**在現代社會裡，「ご苦労様です」傾向「上屬慰問下屬」時的用語**，語感上帶有「長官慰問屬下工作辛勞」的感覺。

若彼此為下對上的身份的話，就不適合用「ご苦労様です」，不僅慰勞不成，反而還會給人失禮的感覺。

有趣的是，這種語感差別，在以前的日本並非如此。在過去，下對上是可以用「ご苦労様です」去慰勞對方辛苦的，而隨著時代的變遷，部分日文的講法也隨之產生變化，**現代的「ご苦労様です」也已經演變為由上對下才能使用的說法了**。

學習延伸用法

お世話様です

另一個較不常見的說法為：「お世話様です」，語感上接近「ご苦労様です」，用法也與之雷同，下對上使用的話會給人失禮的感覺。

硬要區分兩者有何差異的話，**「お世話様です」除了慰勞對方的辛勞之外，還包含了「感謝」的意味在內**，感謝對方付出的辛勞，但「ご苦労様です」並沒有包含這樣的語氣在內。

※ 比別人早下班時，習慣的講法是：「お先に失礼します。」

情境對話

▶▶▶ 比老闆早下班時……

お先に失礼します。
那麼，我先告辭了。

ご苦労様。
你辛苦了。

▶▶▶ 同事出差回來時……

お疲れ様です。どうでしたか？
您辛苦了。結果怎麼樣？

無事に取れましたよ。
順利拿下了喔。　※可能是替公司拿下案子等

良かったですね。
太好了！

▶▶▶ 校園裡撞見同學時……

お疲れ、元気にしている？
辛苦啦，最近過得好嗎？

まあ、そこそこかな。
這個嘛，馬馬虎虎吧。

05. 沒事別亂說「莎喲娜啦」？

さようなら／また明日(あした) ▶戀愛瞬間告吹的方法

真不愧是當紅動漫 鬼滅之刃真的好好看喔！

對啊，我淚腺都潰堤了呢。

與學妹約會中

轉頭就走

咦？為什麼？
我做錯什麼了嗎？
今天不是玩得很愉快嗎？

啊，我家是這個方向，再見囉！
あっ、うちはこっちだから、
さようなら。

晴天　霹靂

影片解說 2分33秒 ｜ 例句音檔 MP3 05

差異比比看

さようなら

　　雖然普遍翻成中文「再見」的意思，但**其實「さようなら」的語源並沒有「再度見面」的意味。**

　　「さようなら」這個字，原本意思等同於「それなら」、「そうであるならば」（直譯：如果是那樣的話）**一開始並不是當作離別用語在使用。**在一些日本的古裝劇裡，有時候可能會聽到「さようでございますか」，這句話就等同於我們熟悉的「そうですか」的意思。

　　那，這種用法是否還存在於現代社會呢？答案是有的，在現代商務日語的世界裡，如果說話對象是客戶或是上司，回應時若覺得用「そうですか」太過口語或輕率的話，也還是可以用「さようでございますか」來代替，這個說法就會顯得非常的正式和禮貌（但也略帶生硬感就是了）。

　　由於現代的「さようなら」大多帶有「離別」的意味，所以通常會給人些許負面的印象，據資料統計，**大多數的日本人也都已經很少在用「さようなら」來表示一般的再見了**，即使如此，還是有幾個常見的固定使用時機：

❶ 彼此不會再相見的時候（比如男女朋友分手、一期一會的陌生人等）

❷ 對方要去很遠的地方，暫時見不到面的時候（比如朋友移居海外等）

❸ 老師跟學生說再見的時候（一對不特定多人）

※第3點比較容易讓人感到混淆，雖然明天還會見面，但是這裡的「さようなら」聽起來卻沒有違和感，反而成為一種固定的講法，像這種「一對不特定多人」的情況就可以用「さようなら」。

● また明日（あした）

為「明天見」的意思，用於親近的家人、朋友、平輩之間較為適切，也是出現頻率最高、最常聽到的慣用語之一。對於這種明天就會見到面，或者平時見面頻率很高的對象，還有另外兩個說法：「じゃあね」、「またね」，同樣都是互道再見時的慣用語。

而日語因為深受外來語的影響，也有英文「バイバイ」（bye-bye）這種講法，要注意的是，這種說法給人比較幼稚、孩子氣的感覺，必須視對象和情況小心地使用。

學習延伸用法

● お先（さき）に失礼（しつれい）します

職場或正式場合上的「再見」要怎麼說？由於對方不是親近的人，不能用「じゃあね」、「またね」這種比較親暱的講法，但是如果說「さようなら」的話，聽起來又很奇怪（畢竟明天還會見到面），這時候的慣用說法便是單元04中提及的「お先（さき）に失礼（れい）します」。

職場上，跟上司或客戶道別時，不是說「再見」，反而是習慣用「我先告辭了」、「您（今天）辛苦了」等說法來當作離開時的結尾用語。

情境對話

▶▶▶ 小朋友跟老師道別時……

先生、さようなら。
老師再見。

帰り道、気をつけてね。
回家路上小心哦！

▶▶▶ 跟好朋友道別時……

今日はいっぱい遊んでいたんだよね。
今天真是大玩特玩了一場呢！

楽しかったわ。
超開心的。

じゃ、また明日。
那就明天見囉！

▶▶▶ 情侶間分手時……

行かないで！
妳不要走！

さようなら！もう顔も見たくない！
再見！我不想再看到你的臉了！

06. 各種招呼語的使用時機
こんにちは／お疲れ／お久しぶり

▶日文招呼語變變變

08:00
早上好！
おはようございます。

你好！
こんにちは。

11:00
唷齁～
考試考得怎麼樣？

辛苦啦！
お疲れ。

17:00
哇，是阿和啊！好巧喔，好一陣子沒見了呢！

唉呀，好久不見！
あら、お久しぶり。

影片解說 1分39秒 ｜ 例句音檔 MP3 06

差異比比看

🔵 こんにちは

日文中有幾個常見的招呼、寒暄用語，跟大部分的語言一樣，有「以時間段來區分」的說法，其他還有幾個固定時機用的用法。以**「時間順序」**來看，「由早到晚」分別是：

❶ おはようございます／おはよう。（早安）

❷ こんにちは。（你好／午安）

❸ こんばんは。（晚上好）

而以**「固定時機」**區分的話：

例 A：行ってきます。　我出門了。
　　B：いってらっしゃい。　慢走。

例 A：ただいま。　我回來了。
　　B：お帰りなさい。　你回來啦。

例 お休みなさい／おやすみ。　晚安。（睡前說的）

鮮少有人會提到「こんにちは」跟「こんばんは」的語源：「こんにちは」的原句為「今日はご機嫌いかがですか」（字面直譯：您今天心情如何呢？）。對於一個寒暄用語來說，這句話用詞過多、句子冗長，對講者來說是一大負擔（看看中文只有兩個字「你好」就解決了），因此，就直接把「ご機嫌いかがですか」去掉，簡化成「こんにちは」。

而「こんばんは」呢？概念其實是差不多的，「こんばんは」的語源為「今晩は寒いですね」等晚間時所用的招呼語演變而來，把後面的字去掉，簡略成「こんばんは」。

另外還有一點要留意的是，**有時候我們會看到「こんにちは」的另一種寫法，那就是「こんにちわ」**，究竟哪種寫法才是正確的呢？還記得剛剛提到的語源「今日はご機嫌いかがですか」嗎？由於它是由這句話省略而來的，所以正確的寫法是「は」，而不是「わ」。

※「今日」有「こんにち」跟「きょう」兩種唸法，一般來說會唸成「きょう」居多。

● お疲れ

在單元04裡，我們提到了慰問辛勞的用語「お疲れ様です」，而「お疲れ」省略了後面的「様です」之後，意思、用法上有什麼改變嗎？

除了語氣上會變得比較口語、親近之外，**「お疲れ」還是許多日本大學生見面時慣用的寒暄用語**。雖然不是工作場合，理論上並不需要去慰勞對方，但還是有一定比例的學生，會用這樣的方式跟彼此打招呼，不夾帶慰勞的涵意，單純當作招呼語使用，是個相當有趣的現象。

不過，也不見得每個人都會這樣講，還是有部分學生覺得講「お疲れ」很奇怪、有違和感，此時就會考慮用其他的替代說法，像「よう」（唷）「やっほー」（呀齁）就很常見。

● お久しぶり

對於許久沒有見面的對象，則習慣以「お久しぶりです」（好久不見）來當開頭詞打招呼，也可以視彼此熟識程度，省略「お」跟「です」，講成「久しぶり」即可。

情境對話

▶▶▶ 大學生路上偶遇時……

お疲れ、テストどうだった？
辛苦啦，考試考得怎麼樣？

全然余裕だよ。
沒問題的啦！

▶▶▶ 晚上散步時撞見鄰居……

片山さん、こんばんは。
片山太太，晚上好。

こんばんは、今夜は暑いですね。
晚上好，今晚很熱呢。

▶▶▶ 互道晚安時……

気をつけて帰ってくださいね。
回家路上小心喔。

はい、お休みなさい。
好，晚安喔。

07. 如何表達謙遜又不顯失禮？

いいえ／どういたしまして／とんでもない

▶打發客人的方法

老師，這是一點小餅乾請您吃看看。

哎呀，那怎麼好意思……謝謝呀！那我就不客氣了。

哪兒的話～
とんでもないです。

隨便拿點東西出來打發就好……
好吃的我自己留著等一下吃……

高級超市買的

馬麻，這個蛋糕很好吃欸
我通通幫你吃掉囉！
不用謝了！

快給我住嘴呀！
那是我私藏的蛋糕啊……

臭小孩！！

最後一塊

幫妳清冰箱

影片解說 2分11秒 ｜ 例句音檔 MP3 07

差異比比看

當他人對自己表達道謝，而我們想回應「不會、不客氣」時，日文裡有幾個不同的說法供我們選擇，至於要用什麼說法回應，得視用途、場合及對方的身份做決定。

○ いいえ

這裡的「いいえ」，等同於中文在回應他人道謝時的「不會」，與中文原意的感覺雷同，只說「いいえ」的話，語氣上給人的感覺比較輕鬆、口語。

○ どういたしまして

「不客氣」的日文說法為「どういたしまして」，帶有「我什麼都沒做，所以請您不要放在心上」的語氣。

可是，「どういたしまして」的「いたす」為「謙讓語」變化而來，是一種自貶身份的敬語用法。雖然「どういたしまして」在文法上看起來是敬語，但是由於「どういたしまして」實際上會稍微給人一種「上（うえ）から目（め）線（せん）」（上司對下屬／長輩對晚輩的視線）自以為處於優位的感覺，對方可能會覺得這個講法有點失禮、自大，所以還是盡量避免使用為佳。

那麼，對於別人的道謝或稱讚，我們應該要怎麼回應會比較洽當呢？若是正式或商務場合的話，有下列幾個替代用法：

❶ 恐れ入ります。

❷ お気になさらず。

中文直譯：請您不要放在心上。

※可廣泛應用在各種生活情境上

❸ 恐縮です。

とんでもない

前面有提到，由於「どういたしまして」其實是一個可能有失禮節的說法，為了避免造成對方的誤會、給人高高在上的印象，我們可以改說「とんでもない／とんでもないです」。

「とんでもない」是一個被廣泛使用在各種情境的說法，**類似中文的「沒那回事、哪兒的話」的意思。除了以否定的方式表達出自身的謙遜**之外，由於本身的語意使然，還可以用在下列幾個情境上，來表達自身的強烈情緒。

❶ 表達強烈的否決時

例 とんでもない、そんなことないですよ！
哪兒的話，才沒那回事呢！

❷ 表達驚訝、意想不到時

例 とんでもないことになりましたね。
發展出乎意料呢！

用來回應別人的感謝時，如果能在後方加上原因詳細說明的話，句意會更加完整，給人的感覺也會很禮貌、慎重。

例 とんでもない、それは皆様のおかげです。
沒那回事！那是託大家的福。

情境對話

▶▶▶ 送朋友禮物時……

つまらないものだけど。
雖然不是什麼大禮。　※講完後遞出禮物

すみませんね、ありがとう。
不好意思，謝謝你。

いいえ。　不會。

▶▶▶ 拔刀相助時……

先(さきあぶ)危なかったですね。
剛才真的好危險呢！

ぶつかるところでした。
助(たす)けてくださり、ありがとうございます。
差點就撞上了。謝謝您救了我。

とんでもない、ご無(ぶ)事(じ)で何(なに)よりです。
哪兒的話，您沒事就好。

▶▶▶ 業務上的失誤……

申(もう)し訳(わけ)ございません、その件(けん)は私(わたし)にも責(せき)任(にん)があるんです。　真的非常抱歉，那件事我也有責任。

そんなことないですよ。お気(き)になさらないでください。　沒那回事啦。請您不要放在心上。

08. 為什麼好心幫忙卻被誤會耍大牌？

持ってあげる／お持ちする ▶一秒惹怒老闆

不好意思，佐藤君
可以麻煩你開車送我到機場嗎？

沒問題！

啊！您的包包……我來幫您拿吧！
あっ、持ってあげましょうか。

蛤？這傢伙以為自己是誰？
憑什麼口氣這麼自大……

差異比比看

持（も）ってあげる

　　由於日本人相當重視職位及輩份關係，只要語意裡有「我幫你……」的涵意存在，基本上就要盡量避免用於比自己地位高的上司或長輩。在中文裡，雖然「我幫你做……」是個相當普遍的說法，而大部分的人也聽習慣了，不會覺得有何不妥，但是**這種說法在日本人耳裡聽起來其實是有點刺耳的**。

　　「動詞て形＋あげる」是「我幫你做……」的意思，這種說法給人一種「高高在上」、「施捨」的語氣，為了避免招致誤會，須盡可能地避開這類型的說法。（即便對象是平輩或朋友，一樣要視雙方的熟識程度小心地使用，尤其對彼此熟識程度還不是那麼地有把握時，最好還是避免使用「動詞て形＋あげる」）。

　　不過，單用**動詞「あげる」**（給予）的話，就沒有這方面的顧慮了，可參考例句：

例 彼女（かのじょ）に誕生日（たんじょうび）プレゼントをあげました。
　　我給她／女友生日禮物。
　　※「彼女（かのじょ）」可用來稱呼「女生第三人稱」，也可以用來稱呼「自己的女友」。

お持（も）ちする

　　那麼，想要提議給予他人協助時，應該要怎麼說才不會冒犯到對方呢？大致上有兩個常見的用法：

一、使用動詞「勸誘形」（又可稱意向形）來表達，可適用於所有場合。比如：這裡的動詞是「持つ」（拿），則需要去掉尾巴的「つ」改成「とう」，變成「持とう」，也可以直接把「ます形」改成「ましょう」，變成「持ちましょう」，一樣都是「我來拿吧」的意思。

二、使用「敬語的謙讓語」，即為「お持ちする」，句型結構為「お＋動詞い行＋する」。既然使用到了敬語，一定是用在正式的場合上，所以也習慣會把常體的「する」改成禮貌體「します」、「しましょう」，變成「お持ちします」（我來拿）或「お持ちしましょう」（我來拿吧）。

兩者的差異處在於，「します」是肯定的說法，不帶有詢問對方的意思，而「しましょう」則有「邀請」、「詢問對方意見」的涵意在內。

學習延伸用法

～てもいいですか

另外還有一個「請求對方許可」時常用到的用法：「～てもいいですか」（我可以做⋯⋯嗎？），用於「請求對方准許自己做某事時」，運用的情境相當廣泛，可參考下列例句：

例 電話をしてもいいですか？
方便打電話過去嗎？方便講電話嗎？

例 そっちに行ってもいいですか？
可以去你那嗎？

職場上，還可以把「いいですか」改為敬語型態的「よろしいですか」，聽起來更為禮貌、慎重。除了「請求許可」之外，有時也會用來「確認對方的意向」：

例 このままでよろしいでしょうか？
　　就這樣沒關係嗎？　←確認對方意向

例 お願い(ねが)してもよろしいでしょうか？
　　可以麻煩您嗎？　←請求許可

情境對話

▶▶▶ （職場上）提議給予幫忙時……

部長(ぶちょう)、今日(きょう)の会議(かいぎ)、お疲(つか)れ様(さま)でした。
部長，今天的會議您辛苦了。

わざわざ迎(むか)えに来(き)てくれてありがとう。
謝謝你特地來接我。

とんでもない、空港(くうこう)までお送(おく)りしましょう。　哪兒的話，我送您到機場吧！

▶▶▶ 請求許可時……

お母(かあ)さん、お菓子(かし)(を)食(た)べてもいい？
媽，我可以吃零食嗎？

駄目(だめ)だよ。もうすぐご飯(はん)だから。
不行啦。快開飯了欸！

09. 蝦米？「啾都媽 day」不是等一下的意思？

ちょっと待って／ちょっと待ってて

▶我沒有要對你怎麼樣

喔……好的

這樣一共是300日圓喔！

御守

神社巫女

咦？奇怪了？
錢包跑哪去了呀……
我記得是放在這裡沒錯呀……

到底跑哪去了啦……

好奇怪的日語喔……

ちょっと待って〜〜

好……

影片解說　2分35秒
例句音檔　MP3 09

差異比比看

ちょっと待って

「ちょっと待って」是大家都耳熟能詳的一句話，普遍地認為它等同於中文的「等一下」。

實際上，「ちょっと待って」並不等於中文的「等一下」，這是怎麼回事呢？這牽涉到把日文翻譯成中文時，中文字面上的理解跟原文所要表達的涵意有所出入之故。

首先，就文體來看，「ちょっと待って」屬於比較口語、輕鬆的說法，還可以講成「ちょっと待ってください」。而「ちょっと待って」帶有一種「叫對方停住、住手」的涵意，為「請求對方暫停現在的動作」時使用，與「稍等一下」的「等一下」在意思上是有所出入的。

總結來說，中文裡的「等一下」不僅可用在「請對方稍等時」，也可用在「叫對方站住、停住時」的情況。例如，媽媽叫住準備出門上學的小孩時：

> 例 ちょっと待って！忘れ物。
> 等一下！你東西沒帶。

ちょっと待ってて

那，想請人「稍等一下」時，怎麼說聽起來才會比較自然呢？其實很簡單，只要在「ちょっと待って」的句尾加上一個「て」，變成「ちょっと待ってて」就行了。

為什麼要加這個「て」？它的作用是什麼？原理如下：

這裡的「待ってて」是「待っていて」的縮寫，為「ている」的て形形式，用來表示「動作的持續」。也就是說，對方本來就「已經在等待」（以本單元漫畫情境來說，對方本來就已經在等你掏錢出來）了，這時，若想再請對方「繼續」等候，才會用到表示持續動作的「ている」。

　　在這種情況下誤用「ちょっと待って」的話，傳達出的訊息會是：「給我停下你現在的動作」（但是對方根本什麼都沒做），此時對方很可能就會露出一臉尷尬的表情。不過，由於這是外國人普遍會犯的錯誤，若對方本來就是時常接觸外國人的日本人，可能也都對此感到習以為常了吧。

學習延伸用法

◉ 少々お待ちください

　　在面對長輩或是陌生人的時候，比起用「ちょっと待って」、「ちょっと待ってて」這種比較輕鬆的講法，盡量還是改成「禮貌體」會比較保險。此時，**常用的慣用句為「少々お待ちください」**（請您稍等一下），「少々」為「ちょっと」的敬語形式，而「お待ちください」則為「待ってください」的「尊敬語」（敬語的一種），變化方式為「お＋動詞い行＋ください」：

例 ここにお名前をお書きください。
　　請您在這邊簽個名。
　　※書く→「お＋書き＋ください」→お書きください

48

情境對話

▶▶▶ 小孩出門上學時……

じゃ、行ってきます。
那我出門了。

ちょっと待って、お弁当！
等一下，你的便當！

忘れてた、ありがとう。
我忘了，謝啦！

▶▶▶ 請人「稍等一下」時……

ご入場料は2000円でございます。
門票是2000日圓。

あれ、財布はどこに行ったっけ？
あっ、ちょっと待っててくださいね。
咦？錢包跑哪去了？啊，請稍等一下喔。

10. 講「甘巴茶」可能會變成提油救火？

頑張って／大丈夫だから ▶火上加油的方法

唉，就我老公啦……
最近做的菜色一直被他嫌……
也不知道到底是哪裡不滿意……

真討厭

姊妳怎麼了？
怎麼這樣唉聲嘆氣的……

・・・

常有的事啦，妳要加油喔！
よくある事だよ、頑張ってね。

毫不　　在意

小兔崽子說什麼啊你……！！
沒看到我已經夠努力了嗎？！

嗚哇啊啊啊啊啊啊！
姊姊進化啦！！！

快逃啊

影片解說 1分08秒 ｜ 例句音檔 MP3 10

差異比比看

頑張（がんば）って

　　同樣是一句相當耳熟能詳的慣用語，**就是我們經常聽到的**「甘巴茶」（加油），通常會在語尾加上一個「ね」，以「頑張（がんば）ってね」（加油哦）的說法來鼓勵對方。

　　此外，「加油」這個表達方式的日文講法，也會以「命令形」的方式去呈現，所以也可以說成「頑張（がんば）れ」或「頑張（がんば）りなさい」（一種「上對下」、「長輩對晚輩」說話時的命令形式）。

　　然而，**要注意的是，在鼓勵人的時候，這並不是一個最好的說法**，尤其是在對方已經付出極大努力的情況下，再叫對方「加油」，也只會「火上加油」而已。就另一方面來看，也**隱含了「批評對方不夠努力」的語氣，對對方來說，這種說法不但沒有達到鼓勵的效果，還可能間接否定了對方付出的辛勞**（此種感受會因人而異）。

　　雖然這也要取決於聽者個人的想法，但是為了避免被對方誤會，應該要因應當下的情境，以其他說法來代替「頑張（がんば）って」會比較適當，我們來看一下下方的參考情境：

❶ 運動會接力賽跑，父母在旁加油打氣時
　例 頑張（がんば）れ！もう少（すこ）しでゴールだよ。
　　加油！就快到終點了哦。

❷ 祝福對方一切順利時
　例 うまくいくといいですね。
　　希望一切順利。

I　那些容易用錯的慣用語們　51

❸ 貼心慰問對方辛勞時

例 無理しないでね。
不要勉強自己喔。

◎ 大丈夫だから

　　另外，還有幾個常用來代替「頑張って」的說法：當對方表現出洩氣、灰心的舉動時，我們也可以說「大丈夫だから」（沒問題的）或「気楽に行こう」（放輕鬆一點／別那麼緊張），來幫助對方舒緩緊張的情緒。

　　或者，如果你想表達「自己會支持著對方」（也會用在粉絲鼓勵偶像時）、陪伴著對方的話，可以說「応援しますから」（我會支持你的），中文裡「應援團」這個字就是由日文的「応援」而來的。

　　那麼，職場上想表達鼓勵時又該怎麼說呢？有一種最常見的情境是：面試官面試了求職者後，想婉拒對方卻又不想傷害對方的志氣，此時，習慣會以一句「ご健闘を祈ります」（希望您繼續努力、再接再厲）作為「通知面試不合格」的固定用語。

　　另外還有幾個書信上時常套用的固定寫法：像是「今後のご活躍をお祈りします」（祝您未來發展順利）、「ご健勝を心よりお祈りします」（由衷祝您身體康健）等，可以在這些句子裡適時地加上「心より」（由衷），表達「發自內心的祝福」。

情境對話

▶▶▶ 考試當前時……

どうしよう？今凄く緊張しているけど。
怎麼辦？我現在好緊張啊。

きっと大丈夫だから。
一定沒問題的！

ありがとう、私頑張るから。
謝謝，我會加油的。

▶▶▶ 考試、比賽等前一天時……

いよいよ明日ですね。
就是明天了呢！

頑張ってきました。
這段日子真的很拼。

うまくいくといいですね。
希望能夠順利。

11.「大丈夫」不是沒問題的意思？

大丈夫/平気（だいじょうぶ／へいき） ▶「歹就布」先生

這樣一共是500日圓

好的

請問您需不需要袋子呢？

歹就布！
（OS：本想表達「好、我要」）

店員好可愛……

這個人是在發什麼呆……
怎麼還不走……

好緊張呀……
不知道會不會碰到手……

…

小鹿亂撞

差異比比看

◉ 大丈夫（だいじょうぶ）

　　在我們以往的認知上，「大丈夫」似乎就是等於「OK」、「可以」的意思，但是事實上真是如此嗎？中文裡，當我們講「OK」、「可以」的時候，可以適用在大部分的情境上，但是日文裡的「大丈夫」，只有在某些特定情境下，才會翻譯成等同於中文的「OK」、「可以」。

　　我們可以從「大丈夫」的語源來看這個字的核心涵意：「丈」為長度的單位，而「夫」則為男性的意思，也就是說，「大丈夫」的原意為「高大的男性」，從這個語源演變為「強壯的男性」，再演變為「安全、沒有危險」的意思。使用情境如下。

一、表示「情況上許可、沒問題」時：
　　例 大丈夫（だいじょうぶ）、一人（ひとり）でもやっていけるから。
　　　　沒問題的，我一個人也可以繼續做下去。

二、表示身體、外在事物狀態上「承受得住、撐得住」時：
　　例 A：体調（たいちょう）が悪（わる）いんだって本当（ほんとう）ですか？
　　　　聽說你身體不舒服是真的嗎？
　　　　B：大丈夫（だいじょうぶ）、ちょっと風邪（かぜ）を引（ひ）いただけ。
　　　　我沒事，只是一點小感冒。

Ⅰ　那些容易用錯的慣用語們　　55

三、表示「婉拒」，**用來拒絕對方的邀請、勸誘**。聽起來會比「結構です」（不用了）更委婉一些：

> 例 A：おかわりどうですか？
> 　　　要不要再吃一碗啊？
> 　　B：あっ、大丈夫です。
> 　　　啊，沒關係不用了。

○ 平気

　　另一個也很常用的相似用法為「平気」，而「平気」主要有兩個意思：

❶ 心情上「很平靜、鎮靜」
> 例 彼は平気で嘘をつく。
> 　　他說謊時內心都不會有所動搖。

❷ 「不在乎、不擔心」
> 例 先生に怒られても平気な顔でいられます。
> 　　就算被老師罵也能面不改色。

▶▶▶ 結論

　　關於「大丈夫」跟「平気」在使用上的差別：總結來說，「大丈夫」偏向「身體、外在事物狀態上的沒事」，而「平気」則偏向「精神面、心情上的沒事」。

情境對話

▶▶▶ 表示「情況許可」時……

どうしたんだ？会社(かいしゃ)に行(い)かなくていいの？
怎麼了？你不用去公司嗎？

今(いま)は全員(ぜんいん)テレワークですから、大丈夫(だいじょうぶ)だよ。
沒事啦，現在大家都在家辦公啊。

そうなんだ。　原來是這樣啊。

▶▶▶ 表示「心情上的沒事」時……

告白(こくはく)はどうだった？
告白的結果如何啊？

駄目(だめ)だった。でも平気(へいき)だよ。
被拒絕了。不過我沒事啦。

そうか、残念(ざんねん)だったね。
這樣啊，真可惜呢。

▶▶▶ 表示「委婉拒絕」時……

柄(がら)マスク要(い)りますか？
你要不要有花紋的口罩啊？

いや、大丈夫(だいじょうぶ)です。　不，不用了。

I 那些容易用錯的慣用語們　57

12.「我知道了」的箇中奧妙？

了解する／承知する／分かる　▶三度犯錯的佐藤

佐藤，這份文件有錯誤喔……
能夠請你幫我修改一下嗎？

知道，我馬上處理。
了解します。
すぐに取り掛かります。

啊？你是不是不想做啊？
不想做的話可以直說啊……
（碎碎念）

咦？
我沒有那個意思……

差異比比看

了解(りょうかい)する

　　漫畫情境中的佐藤，是以「了解(りょうかい)する」的「ます形」（表示現在／未來時間）去回覆上司的請求，本想表達「我知道了」、「了解」的意思，但是「了解(りょうかい)します」這個說法主要有兩個問題：

❶ 在這裡使用「ます形」可能會給人一種「不太情願」、「不是打從心底願意去做」的語感存在。

❷ 「了解(りょうかい)」這個漢字聽起來是不太禮貌的，要盡量避免用於正式、商務場合上，避免給人不端莊、不穩重的形象。

　　另外，在陳述「我知道了」時，日文通常會用「過去時間」來表達，傳達出「我理解你說的話了」、「接受了你的想法、做法」的意思。不過，就算把「了解(りょうかい)する」改寫成過去時間的「了解(りょうかい)しました」，該說法仍然不適合用在工作場合上，此時，習慣會用的是另一種說法：「承知(しょうち)しました」

承知(しょうち)する

　　與「了解(りょうかい)しました」同理，時態上必須使用「過去時間」。跟「了解(りょうかい)しました」比起來，「承知(しょうち)しました」比較正式、穩重，是商務場合中很常見的表達方式。

　　另一種也很常用的類似說法為「かしこまりました」，中文可簡單翻譯為「我知道了」、「知悉」（比較書面的中文）即可。「了解(りょうかい)しました」和「承知(しょうち)しました」兩者在文法上都沒

Ⅰ　那些容易用錯的慣用語們　59

有錯，只是在實際對話時，還需要依照情境去區分使用時機，來看一下例句：

❶ 情境：朋友間的約定

例A：明日六時にここで待ち合わせしよう！
明天六點在這裡集合吧！

B：了解！
知道了！

※親友間對話時通常不用禮貌體的「です／ます形」

❷ 情境：老闆交代的事務

例A：車を用意してね。
你幫我安排輛車吧。

B：承知しました。
好的，我知道了。

分かる

此外，日語初學者還會看到「分かる／分かります」這個字，依據時態的不同，傳達出的意思也會不太一樣。首先，以「進行式」來呈現的「分かっています」為「我從以前就知道了」的意思，從中文翻譯就可以感受得到這句話其實相當地失禮對吧？有種「我早就知道了好不好」，這種輕視對方意見的語氣存在。

如果改為現在時間的「ます形」，寫成「分かります」的話，只能單純表達「我理解」、「我懂」的意思，帶有些許「事不關己、不在乎」的語感在內，同樣不太會用這樣的方式去回應對方。

情境對話

▶▶▶ 「職場上回應」時……

明日の会議室なんだけど、予約しといてくれる？
能幫我先預約一下明天的會議室嗎？

はい、承知しました。
好的，我知道了。

▶▶▶ 「覺得厭煩」時……

宿題を早く終わらせなさい！
你還不趕快把作業寫完！

分かっているよ。
我知道啦。
※不耐煩的語氣

II

令人抓狂的
相似用法大解惑！

13. 言談中透露出說話者的主觀程度？

から／ので ▶羊桑的煩惱

不好意思……高野先生能來一下嗎？

請稍等一下喔

不好意思，請問一下○○放在哪呢？

大叔客人A

羊桑……
妳不能想辦法自己應對嗎？
這樣子不行的喲！

同事高野先生

謀啦！因為我連他要找什麼都聽不懂……
何(なにさが)探しているのか
全然(ぜんぜん)分からなかったから……

蛤……

影片解說 1分42秒 ｜ 例句音檔 MP3 13

差異比比看

表示「原因理由」時，最常見的說法為「から」及「ので」。大部分的教科書會指出兩者的差異在於立場是「主觀」還是「客觀」的。除此之外，其實兩者還有許多在使用上的相異處喔！就讓我們透過本單元的說明來逐一審視吧。

から

使用「から」解釋原因理由時，有幾種狀況：

❶ 用於**口語會話**居多

❷ 強烈表達自身的主張
例 好きだから、付き合ってください！
我喜歡你，請跟我交往！

❸ 傳達出**個人主觀的因果關係**
例 疲れたから、会社をやめました。
我累了，所以把工作給辭了。
※不是每個人累了都會把工作給辭掉的

❹ 可以**直接放在句尾**，用來表示「前提」
例 先に行ってて、後で追いつくから。
你先走吧，我隨後就會趕上。

ので

「ので」則正好與「から」相反：

❶ 可用於口語會話，也可用於書面文章上

❷ 傳達出**客觀的因果關係**
例 危ないので、近づかないでください。
　　很危險，請不要靠近。

❸ 傳達出**理所當然的因果關係**
例 雨が降り出したので、外に出れなかった。
　　突然下起雨來，所以就沒能出門了。

❹ 一樣可以**直接放在句尾使用**，但出現頻率沒有「から」來得高
例 私の方から説明しますので。
　　由我來負責說明。
　　※ 這裡的「から」表示「從……」（方向性），在這裡為「由我來……」之意

情境對話

▶▶▶ 表達「個人主觀的因果關係」時……

今夜はクリスマスパーティーがあるんだけど、来る？
今晚有聖誕派對喔！要來嗎？

ごめん、今日は用事があるから、また今度にしよう！
抱歉，我今天有事，下次吧。

▶▶▶ 表達「前提」時……

絶対に幸せにするから！
我會讓妳幸福的！　※告白或者求婚的時候

▶▶▶ 表達「理所當然的因果關係」時……

電車が遅れたので、遅刻してしまいました。
電車誤點，所以不小心遲到了。

遅延証明書(を)もらった？
你有拿到誤點證明嗎？

※「因電車誤點而遲到」可以用「から」也可以用「ので」，但「から」傳達出一種「個人主觀的因果關係」，自我意識太強烈，給人的感覺比較不禮貌；而「ので」則是傳達出「理所當然的因果關係」，說話的立場會比較中立

14. 算計許久還是已經下手為強？

つもり／予定(よてい) ▶家庭主婦的怨氣

為何？
你要幹嘛用的？

小靜，這個月的零用錢能再多給一點嗎？

謀啦！我打算買一組新的高爾夫球桿……
新(あたら)しいゴルフクラブセットを買(か)うつもりなんだけど。

妳意下如何？

你意下如何呀？

是齁～～～
我最近也計畫要入手某某人氣品牌包的新品耶……
私(わたし)も〇〇人気ブランドの新作(しんさく)バッグを手(て)に入(い)れる予定(よてい)なんだけど。

當……
當我沒說吧

差異比比看

表示意志和決心的用法有很多種，這個單元我們就來介紹出現頻率相當高的「つもり」跟「予定」，來說明兩者在語感上的差異以及其延伸用法：

● つもり

一、「つもり」表示準備中的計畫或是個人的打算，向聽者「提前陳述自身決定」，中文多譯為「打算要～；準備要～」。要注意的是，這個說法從打算、準備到後續真正執行，通常還需要一段時間，決心度大約是60-70%左右：

例 来年退職するつもりです。
　　　我打算明年離職。　※需要一段準備時間

二、若想要表達決心度100%的話，直接使用表個人決意的「する/します」即可：

例 彼と結婚します！
　　　我要跟他結婚！　※直接表達個人意向

三、此外，「つもり」還有其他用法：

❶ 表示「誤以為」

例 メッセージを送ったつもりだった。
　　　當時以為訊息有發出去。

❷ 表示「自以為」

例 まだいけるつもりですけど。
　　　我覺得我還行；覺得自己還能撐下去。
　　　※有「還能繼續做下去」之意

❸ 表示「就當作是～」

例 買ったつもりで貯金に回す。

　　就當作已經買了，然後把錢存起來。

　　※ 這是一個存錢法，在日文裡叫做「つもり貯金」（「當作已經花了」存錢法），意指把沒消費的部分假想成已經消費了，進而把那筆錢給存起來。（很懷疑這真的會有效嗎？）

▶▶▶ 其他用法

另外，還有一個跟「つもり」類似的用法：「**動詞意向形＋と思っている/と思っています**」，用來表達「之前就有的想法、念頭」。由於是「之前」就有的構想、時間點上為「從過去到現在」，所以會搭配表持續進行中的「**ている/ています**」。

例 ワーホリに行こうかなと思っています。

　　我一直都有在考慮是否要去打工度假。

　　※ 表示一直以來都有這樣的念頭在心上

○ 予定

「予定」用來「**單純陳述預定的行程**」，中文多譯為「預計要～」，**通常已是既定的事實或表定的事項**。使用「予定」的同時，也暗示了這個「預定行程」的特徵為：

❶ 這個行程可能是和他人一起決定的

❷ 無法再自行更改行程了

例 来年日本に留学する予定です。

　　預定在明年去日本留學。※ 留學手續可能都已經辦好了

情境對話

▶▶▶ 表達「個人打算」時……

俺は就職するつもりなんだよね。
我是打算去找工作啦。

マジか？
真的假的？

▶▶▶ 表達「誤以為」時……

ちゃんと伝えたつもりなのに。
我還以為確實傳達(訊息)給對方了。
※抱怨對方沒有好好在聽自己說話

▶▶▶ 表達「既定行程」時……

明日のセミナーは何時から始まるのでしょうか？
明天的研討會是從幾點開始呢？

午後二時に始まる予定です。
預計下午兩點開始。

15. 十拿九穩還是無法控制？

ように／ために ▶留在日本的方法

好久不見，妳最近都在幹嘛啊？

就在找工作啊，為了能繼續留在日本……
日本に残れるように就職活動をしているよ。

咦？
我也是欸！

很辛苦呢……

怨聲載道

為了取得簽證，都在忙著進行「婚活」呢！
ビザを取るために婚活をしているのよ。

是……是嗎

好忙好忙呢……

※「婚活」為日文「結婚活動」的簡稱

差異比比看

表示「為了達成某種目的或目標」而去做某動作時，常見的日文搭配用法有「**ように**」跟「**ために**」，中文大多會被譯為「為了……而……」。

◯ ように

一、句型為「**Aように、B**」（為了A，而做B）。先就文意來探討，「**ように**」是一種「**願望**」、「**朝著某個目標而進行努力**」的行為，依據上下文不同，也可以表達出「**如果能變成那樣就好了**」的祈願語氣，也就是說結果不一定會成真，有運氣成分存在。以下直接來看例句會比較清楚：

例 英語が話せるように頑張って勉強しますから。
　　為了能夠開口說英文，我會努力學習的。
　　※目標＝英語が話せる（能說英文）；努力的行為＝勉強します（學習）

例 志望校に受かるように祈ります。
　　希望能夠考上理想的學校。（為了能夠考上理想學校而祈願）
　　※為祈願籤上時常出現的寫法

二、由於事態的發展帶有運氣成分，結果不是自己能控制的，所以前方常接續「**無意志動詞**」、「**動詞可能形**」（是句意需求，也可以接續否定形）。

例 ピアノが弾けるように、毎日練習をしている。
　　為了學會鋼琴，我每天都在練習。
　　※「弾ける」即為「弾く」的可能形

三、要注意：「ように」的動作主體可以是不同人（但是「ために」不行）。由於「ように」表達出的是「願望」、「不確定是否能實現」的語氣，在「前後句主體不同」的情況下（前句的結果無法被控制時），就會習慣用「ように」表達，會比較自然。這時，即便前句用到的動詞是「意志動詞」，也都是要加「ように」的。

> 例 生徒たちが勉強に専念するように、先生が教材の内容を工夫しました。
> 為了讓學生們專注於學習，老師用心準備教材內容。
> ※前句主體＝學生；後句主體＝老師

○ ために

一、句型同樣為「Aために、B」（為了A，而做B）。和「ように」不同的是，「ために」代表「要達到某種目的的決心相當強烈」，通常是比較重大的目的，而且「有一定程度可以控制結果的實現與否」。來看一下例句：

> 例 日本語を勉強するために、教科書を買いました。　為了學習日文而買了教科書。
> ※目的＝「日本語を勉強する」（學習日文）

二、前方接續表示「靠人為意志可以控制」的「意志動詞」（大多以「原形」的形態出現）：

> 例 海外留学に行くために、レベルテストを受けました。　為了去國外留學，我做了分級測驗。
> ※「行く」為原形

三、要注意「ために」前後句的動作主體必須是同一人。

情境對話

▶▶▶ 表達「祈願」時……

豪華景品が当たるように！
希望能抽到豪華大獎！

現実を見たほうがいいと思うよ。
我覺得你還是看清現實比較好吧。

▶▶▶ 表達「有強烈意志要達成某目的」時……

明日のイベント、しっかりやりなさいよ。
明天的活動要好好加油喔！

会社のために頑張りますから。
為了公司，我會好好加油的。
※當「ために」前方為名詞時，接續方式為「N＋の＋ために」

16. 你就是我的唯一

だけ／しか ▶求婚的方法

我一定會讓妳幸福的！
請妳嫁給我吧！

結婚前

我就只有小靜妳一人了……
俺には
静ちゃんしか
いないから。

阿文……
（眼泛淚光）

結婚後

存摺

你的帳戶是怎麼搞的？
存款就只有這些而已嗎？

差異比比看

表示「限定對象」的「だけ」和「しか」，中文同樣多譯為「只有……」，但是兩者搭配的文型和使用的方式不太一樣。

● だけ

一、文型為「名詞＋だけ」，表示「只有……」、「量不多……」的意思。來看一下例句：

例 昨日は3時間だけ寝ました。
昨天只睡了三小時。　※肯定句

例 これだけは許せないんだ。
只有這件事我不能容忍／無法接受。　※否定句

二、「だけ」可接「助詞」，如下方例句：

例 あなたにだけ話します。
這件事我只跟你說。

三、「だけ」也能以「放在句尾」的形式呈現：

例 私にできるのはそれだけです。
我能做的也就如此而已。

● しか

一、這是一個比較特別的用法，有固定的前後搭配，**文型是「しか＋否定形」**，表示「除了……之外，其他都不／沒有了」的意思。藉由「否定形」去凸顯出語氣的強烈，切記後方固定搭配著「否定形」，以「しか～ない」的方式呈現。如同前頁漫畫中男方所說的：

例 俺には君しかいないから。
　　我除了妳之外，其他什麼都沒有了。
　　※「我就只有妳了」的意思

二、和「だけ」不同的是，「だけ」在語氣上比較沒有那麼強烈，但是「しか」的語氣就相對強烈得多了。從中文譯文上也感受得出兩者的差異，請見例句：

例 貯金は10万円だけ。
　　存款只有十萬日圓。

例 貯金は10万円しかない。
　　除了十萬日圓之外，就都沒有其他存款了。
　　※用「名詞＋しか＋否定」的形式來呈現，語氣是不是強烈多了呢？

三、「しか」還能傳達出「遺憾」、「覺得不夠／不滿足」的語感：

例 1個だけもらえます。
　　只能拿一個。

例 1個しかもらえない。
　　只能拿一個，不能再多了。

▶▶▶ 補充說明

「動詞可能形＋だけ」表達「在能力所及的範圍之內盡情去做某事」：

例 飲めるだけいっぱい飲もう！
　　盡情地喝吧！
　　※在「你能喝得下的範圍內，盡情地喝」的意思

情境對話

▶▶▶ 表達「只有」時……

> 残りはこれだけですよ。
> 只剩下這個了哦。

> 嘘！全部なくなっちゃったの？
> 真假！都沒有了嗎？
> ※可以用在「商品熱賣、庫存所剩不多」
> 　等表達「只剩下一點點」的情境上

▶▶▶ 表達「除此……之外，其他都不……」時……

> やると言ったからには、最後までやるしかない。
> 既然都說要做了，那就只能做到最後了。

> そうするしかないですね。
> 只能這麼辦了呢。

▶▶▶ 表達「能力所及之範圍」時……

> できるだけ毎日少しずつ勉強しています。
> 盡可能每天都讀一點書。

> 真面目ですね。
> 妳好認真喔。

17. 有憑有據說話比較大聲？

はず／わけ ▶超商的正妹店員小秋

小和好慢喔！

他應該會來的才對呀……
彼(かれ)は来(く)るはずだけど。

已遲到15分鐘

他一定會來的啦！

你怎麼能那麼肯定！？

超商店員小秋

因為，這次聯誼我有叫上超商的店員小秋呀……

等你喔～！　～♥　喔呵呵呵……

差異比比看

想要「推測結果、下結論」時，主要有「はず」和「わけ」這兩種用法。

● はず

一、語感上，「はず」偏向「依據個人主觀推測、經驗所做的結論」，對於結果的確信度會比「わけ」低一些：

例 もうすぐ電車が来るはずだ。
電車應該就快來了。
※可能沒看時刻表，單純憑自己的經驗去推測

二、由於「はず」相對來說是比較主觀性的推測，所以**要表現「未來等不可確切預知之事物」時，就會習慣用「はず」**：

例 来年こそ昇給されるはずです。
明年應該就會被加薪了。

三、在某些情境下，「はず」給人的感覺比較「不負責任」：

例 状況が悪化していたから、治療を受けても治らないはずだ。
情況惡化了，就算接受治療應該也醫不好。
※醫方對於自己的發言，確信度較低，給人較不負責任的感覺

● わけ

一、語感上，「わけ」是從「**客觀事實的角度引導出的結論**」，因為是有根據的，所以說話者的確信度比較高：

> 例 彼女は全然勉強をしない。だから成績が悪いわけだ。
> 她都不念書，所以成績才會那麼差。

二、「わけ」也可以用在「**接受了某種理由而一個人自言自語**」時使用。例如：

> 例 だから彼女は元気がなかったわけだ。
> 所以她才會那麼無精打采的啊！

三、語氣上給人較「**負責任**」的感覺，用在同樣的句子上，傳達給聽者的感受卻大不相同，直接拿「はず」用過的例句來做比較：

> 例 状況が悪化していたので、治療を受けても治らないわけだ。
> 情況惡化了，就算接受治療也醫不好的。
> ※醫方可能是根據某項客觀事實去推論的，確信度較高，對於發言較有責任感

四、不能用在「**表未來的推測**」上。

五、「わけ」還可用於「**解開疑惑**」時，中文多譯為「**難怪……**」：

> 例 あの上司じゃ、会社を辞めたくなるわけだ。
> 有那種主管，難怪會想辭職。

情境對話

▶▶▶ 表達「依據個人主觀推測、經驗所做的結論」

今日は祝日だから、郵便局は閉まっているはずだよ。
今天是國定假日，郵局應該沒有開喔！

今日中に出さないといけないものがあるのに。
可是我有東西得在今天之內交出去欸。

▶▶▶ 表達「客觀事實的角度引導出的結論」時……

彼は全然食べてないので、痩せているわけだ。
他根本沒在吃東西，所以才會那麼瘦。

なるほどね。
原來如此。

▶▶▶ 表達「解開疑惑」時……

彼女は志望校に落ちたらしいよ。
聽說她沒考上理想的學校。

だから元気がないわけだ。
難怪她那麼沒精神。

18. 錯綜複雜的「程度」表達方式？

くらい／ほど ▶最嚮往臉蛋大賞

差異比比看

「くらい」和「ほど」同樣都可以用來表達事物的「程度」，有時可以相互替換使用、有時卻不行，除此之外還有一些固定用法，只限搭配「くらい」或「ほど」，是個相當難纏的對手啊。**兩者可以互換的地方統一用（○くらい／ほど）表示**，以下一起來搞懂它們的用法吧！

● くらい／ぐらい

一、表達「概略的數量」，中文多譯為「大約」：

例 会社まで電車で1時間くらい（○ほど）かかります。　搭電車到公司大概要花一小時。

二、搭配特定詞產生「固定用法」：

❶ 同じくらい（差不多、大概一樣）

例 私と同じくらいの年。
和我差不多年紀；和我差不多大。

❷ くらいなら（與其……，不如……）表「與其忍耐做某件事，倒不如……」的意思

例 適当に結婚相手を選ぶくらいなら、独身の方がいいんですよ。
與其隨便選個人草率結婚，倒不如繼續單身還比較好。

三、表達「中等程度、低等程度」的事物時：

❶ 表達「簡單」、「低等程度」的事物時，傾向用「くらい」

例 一日くらい休んでいいから。
就休息一天吧沒事的。
※ 帶有「才一天而已，沒關係的」的語氣

❷ 表達「中等、一般程度」的事物時，使用「くらい」或「ほど」皆可，此時兩者可以互換使用

例 涙が出るくらい（○ほど）感動でした。
感動到眼淚都要流出來了。

● ほど

一、一樣可以表達「概略的數量」，但是「ほど」用在「有長度的數量」上，例如「一段時間」、「天數」等，但不能用來表示「時刻」：

例 病院までスクーターで15分ほど（○くらい）かかる。　騎機車到醫院大概15分鐘。

例 夜の8時くらいに電話しますよ。
晚上八點給你打電話喔。

※ 表示某個特定「時刻」時，只能用「くらい」

二、否定句時，習慣以「ほど～ない」來表達：

例 台湾の夏ほど暑いところはない。
沒有比台灣更熱的地方了。

三、「ほど」搭配的「固定用法」：「ば～ほど」（越是……越……）

例 食べれば食べるほど太くなるよ。　越吃會越胖哦。

四、表達「高等、中等程度」的事物：

❶ 表達「高等程度」、「程度很極端」的事物時，傾向用「ほど」，以一個最好懂的例子來說明

例 死ぬほど痛かった。　當時痛到快死掉了。

※「死ぬ」屬於極端、高等程度用詞，傾向用「ほど」

❷ 表達「中等、一般程度」的事物時，兩者可以互換使用

例 ケーキの半分ほど（〇くらい）食べました。
吃掉約半個蛋糕。

情境對話

▶▶▶ 表達「低等程度」的事物時……

写真くらい見せてくれよ。
至少給我看一下照片啦。

嫌だよ、恥ずかしいんだから。
我才不要，很害羞欸。

▶▶▶ 表達「概略的數量」時……

大学まで歩いて何分かかるの？
徒步到大學要花幾分鐘啊？

４５分くらい（〇ほど）かかるかな。
大概要花45分鐘吧。

▶▶▶ 表達「高等程度」的事物時……

あごが外れるほど大笑いしたのよ。
我笑到下巴都要掉下來了。

それ分かる。
我可以理解。

19. 誇獎或反諷只是一線之隔？

おかげで／せいで ▶小和與小秋的約會

標準約會流程

看電影　　遊樂園　　吃西餐

太好了
妳玩得開心就好……

今天玩得好開心喔！
今日(きょう)は楽(たの)しかったわ。

啊哈哈……

那塊牛排超好吃的啦……
肉肥嫩汁又多……

多虧妳的福，讓我薪水整整去了一大半……
君(きみ)のおかげで、給料(きゅうりょう)が半分(はんぶん)なくなっていた。

差異比比看

「～おかげで」和「～せいで」都可以表達**「因某種原因導致某種結果」**的因果關係。至於該用哪一個，則取決於說話者想表達的是「受惠」或「受害」。

● おかげで

一、「常體＋おかげで」表達因為某種原因，導致了「好的結果」，呈現出說話者因受惠而感激的心情，中文多譯為「多虧……的福」：

> 例 君のおかげで、私は幸せでした。
> 多虧你的福，這段日子我過得很幸福。

二、「おかげで」的慣用用法可放在句首當作開頭詞，以「おかげさまで」（多虧您的福）表達對對方的感謝，不論是在日常生活還是商務場合上，都是一句很常見的說法：

> 例 おかげさまで元気ですよ。
> 多虧您的福，我過得很好。
> ※講客套話時的必備金句之一

三、也可以用來表達**「諷刺意味」**，把原本應該用於良好結果的「おかげで」，用於「不好的結果」上時，表達出的是說話者**「強烈的反諷」**：

> 例 君のおかげで、私の努力は全部台無しになってしまった。
> 拜你之賜，我的努力全都泡湯了。

せいで

一、「常體＋せいで」則跟「おかげで」恰恰相反，表達因為某種原因，導致了「不好的結果」，呈現出說話者因受害而「不滿」、「生氣」的心情，中文多譯為「都怪……；都是因為……才會」：

例 タバコを吸いすぎたせいで、病気になったわけだ。
都怪煙抽得太兇，所以才會生病的。

例 飲み会で飲みすぎたせいで、二日酔いがひどいわけだ。
都怪聚會上喝太多，隔天才會宿醉得這麼嚴重。

二、不確定原因的時候，以「せいか」來表示，中文多譯為「不知道是不是因為……」：

例 食べ過ぎたせいか、ズボンがちょっときついんだよね。。
不知道是不是因為吃太多，褲子好像有點緊。

情境對話

▶▶▶ 表達「受惠」的心情時……

体調は大丈夫ですか？
你身體還好嗎？　※在別人生病時詢問對方身體狀況

薬を飲んだおかげで、だいぶ
良くなった。
多虧剛剛吃了藥，現在感覺好多了。

▶▶▶ 表達「不滿」而話中帶刺時……

あの人のおかげで、この話は白紙に
なってしまったんだ。
拜那個人所賜，這件事就這麼化為烏有了。

そこまで言わなくても。
沒必要這樣說話吧。

▶▶▶ 表達「受害」但不確定原因時……

お茶を飲んだせいか、今は全然眠れない。
不知道是不是喝了茶的緣故，完全睡不著。

そうかもよ。
可能是喔。

20. 有照有證據！親眼看見還是八卦消息？

そうだ／ようだ／らしい ▶小鮮肉業務員登場

本多先生是業務部門的王牌業務員
有著女生夢寐以求的三高：學歷高、身高高、顏值高

27歲身高180

有一天，碰巧被西瓜頭……
欸不對是阿和
撞見了對方在跟女生約會的場景

哇，真的假的！？

於是……
本多先生好像交女友了欸！
本多さんは彼女を作ったようだ。

八卦製造機

……
我知道

因為我就是那個女友

本多先生好像交女友了欸！
本多さんは彼女を作ったらしい。

結果傳到緋聞女主身上

差異比比看

表達傳聞、推測的用法主要有：「そうだ」、「ようだ」、「らしい」，雖然中文都譯為「聽說……；好像……」，但是這三者之間帶給聽者的感受是不同的，會依據**「可信度（情報為直接或間接取得）」**、**「關心程度」**等去決定該用哪一個。

● そうだ

一、「常體＋そうです／そうだ」，用於「第一手消息」、「直接取得的消息」，但說話者對情報的關心度低。要特別小心如果前方是「名詞／な形容詞」的話，接續時要再加上一個「だ」（例2），請見下方例句：

> 例 台湾の夏は暑いそうですね。
> 聽說台灣的夏天很熱呢。
> ※可能是從本地人那邊聽來的，又或者從新聞報導取得的情報等

> 例 新しいマネジャーは彼だそうですよ。
> 聽說新的經理是他。
> ※前方接續了名詞「彼」，連接「そうだ」時前方記得要加上「だ」

二、由於是直接取得的消息，消息來源可靠，**「可信度」**相當高：

> 例 明日は晴れるそうだ。
> 聽說明天會放晴。
> ※消息來源可能為「氣象預報」等

ようだ

「常體＋ようです／ようだ」，多用於「直接聽到」或「從現況觀察到」，且說話者對於此情報的關心度較高。由於漫畫中的阿和直接目擊到了約會的現場，所以用了「ようだ」：

例 お兄さんは彼女ができたようですよ。
　　哥哥好像交到女友了欸。

　　※可能是不小心聽到本人的談話，又或是直接看到而去做的推測

らしい

一、「常體＋らしい」，用於「間接得知」、「消息來源不太可靠」或「從已知的情報去做想像／推測」，可信度為三者裡最低，關心度也很低：

例 佐藤さんは明日誕生日らしいよ。
　　明天好像是佐藤先生的生日喔。

　　※消息來源不明確，所以不確定內容的真實性

二、傳達出「**與我無關**」的語氣。使用「らしい」時，可能會被聽者解讀為「漠不關心」的態度，有「**聽說是這樣，但不關我的事**」或「**我不清楚**」的涵意在內：

例 A：部下が会社を辞めるって？
　　聽說下屬要離職了？

　　B：うん、そうらしい。
　　嗯，好像是。

　　※「聽說是那樣，但是跟我沒關係」的語氣，透露出些許冷漠的感覺

情境對話

▶▶▶ 表達「直接取得的消息」時……

明日のお天気はどうなのかな？
不知道明天天氣怎麼樣？

雨が降るそうだよ。
聽說會下雨喔。

▶▶▶ 表達「從現況觀察到、直接聽到」時……

秋ちゃんはかなり怒っているようだよ。
小秋好像滿生氣的喔。

しまった。
完了。

▶▶▶ 表達「間接得知的消息、消息來源不太可靠」

今年はボーナスがゼロらしい。
聽說今年沒有年終獎金。

何だって！
你說什麼！
※透露出驚訝、不可置信的語氣

21. 話要說好來呀……比喻的表達方式

らしい／みたい／っぽい ▶一秒惹怒女友的方法

嗚哇啊啊啊！
不小心打翻飲料啦～～～！
（鬼吼鬼叫）

我這邊有面紙！

太好了～原來小秋也會做這種「有女人味」的事呀！
秋ちゃんも女らしいことをしてくれるんだよね。

……

我都不知道呢

怎麼這樣……
別丟下我一個人呀！

你就留著自己一個人擦吧！

哼！

怒氣沖沖

差異比比看

日文中，在表達「像……一樣」（形容事物的樣貌）時，主要有三種用法：「**らしい**」、「**みたい**」跟「**っぽい**」，中文常譯為「**看起來像……；像……一樣**」，但是這三種用法的使用時機和涵意都各有不同。

● らしい

「名詞1＋らしい＋名詞2」，表示「名符其實」。其名詞1＝名詞2，這是什麼意思呢？我們來看下方例句：

例 彼女は女らしい人。
　　她是個很女人的人／有女人味的人。
　　※可能是對方的行為或外觀符合一般人對於女性的印象和期待，此時的這個「人」，性別上確實是「女生」

例 大人らしいことをしなさい！
　　做些大人該做的事吧／行為舉止要像個大人！
　　※意指該做些「符合成年人這個身份做的事」

● みたい

一、「名詞1＋みたい＋名詞2」，單純用來「比喻事物」。此時的名詞1≠名詞2，將上述例句改為「みたい」，並將「名詞1」稍作變化後，意思就會大有轉變：

例 彼女は男みたいな人。
　　她是一位很「男人」的人。
　　※指對方的行為或外觀符合一般人對於男性的印象。要注意，此時的「很男人」就只是拿來作比喻而已，而這個「人」在性別上並不是男生，而是「女生」

二、跟單元20的「らしい」一樣，有類似「推測」的用法，但可信度比「らしい」低，主要用來表達「個人主觀的推測」：

> 例 お父さんは疲れているみたい。
> 爸爸好像累了。
> ※此時的「みたい」用來推測

○ っぽい

一、表示「有某種傾向或現象」：

> 例 このカバンは安っぽいですね。
> 這個包包感覺很廉價呢。
> 例 日本人っぽい仕草と考え方。
> 很日本人的舉動和思考方式。

二、另外，「っぽい」有時會給人比較負面的印象，用來表達「很容易就……；動不動就……」：

> 例 怒りっぽくなった旦那さん。
> 變得相當易怒的老公。
> 例 彼女は忘れっぽい人ですね。
> 她是個很健忘的人呢。

情境對話

▶▶▶ 表達「名符其實」時……

あの先生は人の失敗を嘲笑うなんて。
那個老師居然取笑別人的失敗。

先生らしくないよね。
不像是老師會做的事呢。

▶▶▶ 表達「比喻」時……

アイスランドの夏は夜でも昼みたいに明るいんですよ。
冰島的夏天就算在夜晚也亮得像白天似的。

そうなんだ、知らなかった。
原來是這樣，我以前都不知道。

▶▶▶ 表達「有某種不好的傾向」時……

このお酒は水っぽくてちっとも美味しくない。
這酒好像水一樣，一點都不好喝。

まあ、炭酸水をたくさん入れたから。
這個嘛，因為加了很多汽水呀。

II 令人抓狂的相似用法大解惑！　99

22. 該做的準備動作可不能少

てから／たあとで ▶ 上診所看病

鼻水一直流不停好難受呀！
去看一下醫生好了⋯⋯

鼻涕狂流

你⋯⋯你好⋯⋯
我⋯⋯我好像感⋯⋯感冒了⋯⋯

哈啾

給我戴上口罩
再講話！！！

マスクをしてから話(はな)
しなさい。

差異比比看

在日文裡，想表示前後句動作發生的先後順序時，除了可用一般常見的「て」去接續之外，另外還有「～てから」、「～たあとで」等用法。

● てから

一、「A句＋てから＋B句」，表示「先做……，再……」。接續時以「A句動詞て形＋から＋B句」的形式呈現，強調「A句為進行B句前的必要條件、準備動作」，舉個常見的例子：

例 手を洗ってから食事しなさい。
　　先洗手再吃飯。　※ 表示常識與習慣

二、或者，如本單元漫畫中的例句：

例 マスクをしてから話しなさい。
　　先戴上口罩再講話。

● たあとで

一、「A句＋たあとで＋B句」，表示「做完……之後，再……」。接續時以「A句動詞た形＋あとで＋B句」的形式呈現，語感上特別強調「AB句的時間先後順序」，「等A句完成、發生、執行了之後，再做B句」的感覺。跟「てから」的不同之處在於，這裡的A句不一定是執行B句前的「必要條件」，來看一下它們的差異之處：

例 宿題を終えてから休憩します。
　　先寫完作業再休息。

　　※ 這裡指如果不先完成必要條件的「寫作業」，那就不能「休息」

例 宿題をしたあとで風呂に入ります。
做完功課之後就去洗澡。

※ 因為「寫功課」並不是「洗澡」的「必要條件」，這裡只是在強調時間的先後順序而已：「寫完功課」之後，再去「洗澡」

二、若只是要「單純表達時間的先後順序」，「てから」與「たあとで」是可以互換使用的：

例 ジェットコースターに乗ってから観覧車に乗ります。
先搭雲霄飛車，再去坐摩天輪。

例 ジェットコースターに乗ったあとで観覧車に乗ります。
搭完雲霄飛車後，再去坐摩天輪。

※ 在這裡，兩者意思都是一樣的，只是「たあとで」有稍微強調「等A句先做完之後，再做B句」的感覺

學習延伸用法

て以来

「A句＋て以来＋B句」，表示「自從……以來，就一直……」。接續時以「A句動詞て形＋以来＋B句」的形式呈現，著眼點放在「A句的時間點過後，到現在一直都還持續著某個行為or持續著某種狀態至今」。因此，B句通常會搭配表「動作進行／留存結果」的「ています／ている」：

例 大学を卒業して以来、ずっと海外で仕事しています。　自從大學畢業以來，一直都待在國外工作。

情境對話

▶▶▶ 表達「先做……，再……」時……

靴を脱いでから入りなさい！
你要先脫掉鞋子再進來啦！

面倒臭いなぁ。
真是有夠麻煩的。

▶▶▶ 表達「做完……之後，再……」時……

図書館で宿題をしたあとで帰ります。
在圖書館寫完作業後再回家。

勉強熱心だね。
你真是好學呢。

▶▶▶ 表達「自從……以來，就一直……」時……

離婚して以来、彼女には一度も会っていない。
自從離婚後就沒再跟她見面了。

そうか。
是這樣啊。

23. 持續進行還是一次就結束了？

まで／までに ▶我會一直等著妳的

我會等到妳放棄那傢伙的一天的。
お前があいつを諦めるまで
君のことを待ち続けるから。

阿大……

感動

・・・・・・

蛤？

對了……在那之前
妳能不能先借我一點錢？

最近
手頭有點緊……

這男的真的很毋湯欸！

低頭吃餅為上策

看電視中

差異比比看

　　想表達「某個特定時段／時刻」的時候，我們會在該時刻後方加上助詞「に」。而在表達「期間／時間限制」時，則會用「まで」、「までに」來說明「一直到……時候」及「在……之前」的意思，用法看似簡單，但在初學時卻相當容易搞混，一起來看看兩者的差別吧。

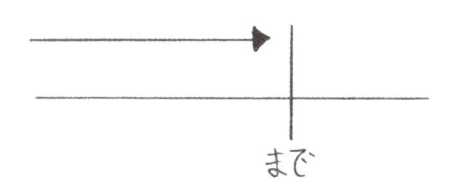

● まで

　　「某個時刻＋まで＋動詞」，表示「在一定期間內，持續之動作或狀態」，後方接續可以表達「一定時間範圍」的動詞，如「待つ」、「続ける」、「働く」等：

> 例 お父さんは定年まで働きます。
> 父親要一直工作到退休。
> ※此時的「某個時刻」是指「退休的年紀」

> 例 彼女と別れるまで君のことを待ち続けるから。
> 我會一直等到你跟女友分手的那天的。
> ※此時的「某個時刻」是指「分手的那一天」

II　令人抓狂的相似用法大解惑！　　105

● までに

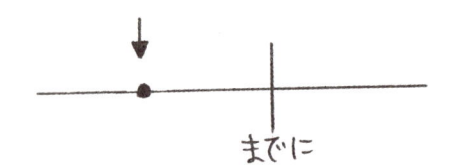

「某個時刻＋までに＋動詞」，表示「在某個特定時間之前，發生的動作或事態」，後方接可以表達「一次性／動作瞬間完成」的動詞，如「終わる」、「提出する」、「降りる」等：

例 仕事は5時までに終わります。
　　工作會在五點前結束。
　　※ 此時的「某個時刻」是指「五點」

學習延伸用法

如果想要表達「到此為止」或「那是最後一次了」，這種「最後一次、沒有下次」的情況時，應該要怎麼說呢？

● きり

一、「動詞た形＋きり」，表示「到此為止、最後一次」的意思。

二、何謂「指示代名詞」呢？其實就是「こ」、「そ」、「あ」這種「表示方向及代指某種事物」的詞，「ここ」（這裡）、「そこ」（那裡）、「あそこ」（那裡）用來表示地點方向，而「これ」、「それ」、「あれ」則用來表示事物：

例 彼氏と喧嘩しました。それきり連絡が途絶えてしまった。　和男友吵架了。自從那之後就沒聯絡了。
　　※ 此時的「それ」就代指了「跟男友吵架」的那個時間點。

106

情境對話

▶▶▶ 表達「在一定期間內，持續之動作或狀態」

バイトが終わるまで隣のカフェで待っているから。
我在旁邊的咖啡廳等你下班喔。

分かった、また後でね。
知道了，等會兒見。

▶▶▶ 表達「在某個特定時間之前」時……

参加したい人は、明日までに連絡をください。
想參加的人請在明天之前聯絡我。

了解です。　知道了。

▶▶▶ 表達「最後一次，之後都沒有」時……

彼に会ったのは5年前のことでした。
上次見到他已經是五年前的事了。

それきりですか？
在那之後就沒再見過面了嗎？
※表示「最後一次」的きり，
　意指「之後都沒有再見面」

II　令人抓狂的相似用法大解惑！　107

III

時態與相似句型

24. 願望可以很多個，但老婆只能有一個

～たい／～ようと思おもう　▶我們本來也想跟老婆結婚的

差異比比看

有很多種方式**可以表達出自身的願望或計劃**,單元14提到的「つもり」、「予定」便是其中一種。不過,「つもり」、「予定」不僅僅是在腦中單純構想而已,可能已經是表定行程,或者已有實際的計畫或準備,故執行的可能性較高。

本單元則要來介紹另一個用法:**表達自身願望的「～たい」和「～ようと思う」**,由於還處在「願望」的階段,所以**實際執行的可能性就會比較低**。

● ～たい

一、以「動詞たい形（動詞第二變化＋たい）」表達「單純陳述願望、想去做的事」:

> 例 遊園地に行きたい。
> 好想去遊樂園。

二、由於是直接表達自己的願望,**語氣聽起來較直接、強烈**,通常都是用於關係親密的家人朋友居多,不適合用在正式場合上:

> 例 お腹空いた。パスタが食べたい。
> 肚子好餓。好想吃義大利麵。

三、以「願望的強烈程度」來看,「～たい」會比「～ようと思う」更加強烈,**願望強烈度:「～たい」＞「～ようと思う」**

> 例 暑いなぁ。アイスを食べたい。
> 好熱喔!好想吃冰。

> 例 暑くなってきたから、エアコンをつけようかなと思っています。
> 天氣越來越熱了,我在想要不要來裝台冷氣。

～ようと思う

一、「動詞勸誘形＋と思う／と思っている」，表示「不久後會想要去做，但不確定是否真的能做得成」：

例 仕事をやめようかと思っています。
　　我在考慮要不要離職。

※ 傳達出「再過一陣子也許就會把工作辭掉」的感覺，但不確定是否真的會執行，常常會搭配表「不確定語氣」的「か」一起使用

二、由於給人不確定的語氣，聽起來比較委婉、柔和，適合用於正式場合上：

例 アメリカへ出張に行こうかなと思っている。
　　我在考慮要不要去美國出個差。

三、以「實際執行的可能性」來看的話，「～ようと思う」會比「～たい」更高。執行可能性：「～ようと思う」＞「～たい」

例 日本に遊びに行きたい！
　　想去日本玩！

例 仕事を辞めて、海外に行こうかなと思っています。
　　我正在考慮要不要把工作辭掉，到國外去。

學習延伸用法

除了上述用法之外，以下再來看看延伸用法：

〜ようとする

表示「現在正要去做」：

例 A：話したいことがあるんだけど……
　　　我有話想跟你說……

例 B：後にしよう。
　　　今はお風呂に入ろうとするから。
　　　等一下再談吧。我現在正準備要去洗澡。

　　　※可能已經拿好毛巾和換洗衣物了

情境對話

▶▶▶ 表達「當下自身的願望」時……

今はどこにも行けなくて、辛いんだよね。
現在哪兒都去不了，好痛苦喔！

めっちゃ分かる。旅行に行きたいなぁ。
我超級懂你的心情。好想去旅行啊！

▶▶▶ 表達「不久後想要做」時……

彼女にプロポーズしようかと思っています。
我在考慮要不要跟女友求婚。

もう結婚するんですか？
已經要結婚了嗎？

Ⅲ　時態與相似句型　113

25. 有禮貌的孩子才會得人疼

〜てください／〜てもらえませんか ▶搭飛機這檔事

飛機上

@#&*%$@#
@#&*%$@#

喋喋不休

請讓一下
どいて
ください。
我想去廁所……

喔喔好啊！

從一上機就開始吵……
把飛機當你家嗎……

那，我能不能
請你們給我
閉上嘴……
黙（だま）ってもらえ
ませんか。

嗚哇啊啊啊啊啊！
蕭雜某啊————！

影片解說 1分32秒 ｜ 例句音檔 MP3 25

※「どいてください」是一個聽起來冷淡且失禮的說法。一般來說，請人借過時，只要簡單地說一句「すみません」即可

差異比比看

日文裡，在請求別人做某事時，可依其禮貌程度區分出各種用法，**除了文體的不同可以表現出禮貌程度的差異之外，搭配不確定疑問詞「か」、使用否定形「ません／ない」同樣也可以提升禮貌程度**。或者，乾脆直接來個「能力形＋否定形＋疑問詞」的搭配，聽起來會是最委婉的說法，中文多譯為「不知道能不能請你幫我做……呢？」。

～てください

一、以「動詞て形＋ください」表達**「請你做某件事」**的意思：

例 宿題を出してください。
　　請交出作業。
　　※「てください」前方接續的是「對方的動作」

二、翻譯成中文時，雖然有個「請」字，但由於是**「直接叫對方做，不太給予對方拒絕或決定的權利」**，依據使用情境的不同，可能會讓這句話聽起來不是那麼地有禮貌。比如：

例 部屋を片付けてください。
　　請把房間整理乾淨。
　　※請求對方做某事，但不給對方拒絕的權利，語氣上跟命令形類似，雖然用了「ください」但聽起來可能還是不太舒服（取決於說話者與聽者之間的關係）

例 その手紙を送ってください。
　　請你把那封信寄了。
　　※若是屬於「上對下」、「客人對店員」等關係的話，用「～てください」是沒什麼問題的

〜てもらえませんか

一、「動詞て形＋もらえませんか」，表達「不知道能不能請你幫我做……呢？」的意思：

例 **手伝ってもらえませんか？**
不知道能不能請你幫個忙呢？

※「てもらえませんか」前方一樣是接「對方的動作」

二、比起直接叫對方做某事的「てください」，混搭了「能力形＋否定形＋疑問詞」的「てもらえませんか」，聽起來就顯得禮貌多了。以「能力形＋疑問詞」去「跟對方確認可能性、把決定權給對方」，再加上「否定形」讓語氣更委婉，傳達出「**如果可以的話，能不能麻煩你幫我……**」的語氣：

例 **席を替えてもらえませんか？**
能否請你幫我換個座位呢？

學習延伸用法

除了「てもらえませんか」之外，還有以下兩種常見的說法。

〜てくれますか

改成「てくれます」加上疑問詞「か」，表達「**可以幫我做……嗎？**」的意思。簡單地表示請求，同時又不失禮貌：

例 **使い方を教えてくれますか？**
可以教我怎麼用嗎？

～てもらえますか

把「てもらえませんか」的否定形去掉，變成「てもらえますか」（能請你幫我……嗎）：

例 お皿（さら）を下（さ）げてもらえますか？
能請你幫我撤掉碗盤嗎？

▶▶▶ 結論

以「**禮貌程度高低**」來排序的話，由高至低順序如下：「～てもらえませんか」＞「～てもらえますか」＞「～てくれますか」＞「～てください」

情境對話

▶▶▶ 表達「請別人做某件事」時……

検温（けんおん）してくださいね。
請量一下體溫喔。

あっ、忘（わす）れてた。
啊，我忘了！

▶▶▶ 表達「不知道能不能請你幫我做……呢？」

このデータ、入力（にゅうりょく）してもらえませんか？
能否請你幫我輸入這個數據呢？

お安（やす）い御用（ごよう）です。　小事一樁。

26. 自己個人看法還是普遍的認知？
〜したほうがいい／〜するほうがいい　▶網路亂象

嗚哇，現在好像在做什麼特別活動欸！價格變得好便宜喔……

…………

直播訓練營
特典1.　×××　　（價值××鎂）
特典2.　×××　　（價值××鎂）
特典3.　×××　　（價值××鎂）
　　　　　:
總價值 1,500鎂　特惠價750鎂

真的假的？！

你最好再考慮一下比較好喔……
もうちょっと考えたほうがいいよ。

價格實在貴得太離譜了，還安排了一堆暗樁在旁邊回應……

價格根本都被隨意哄抬……

差異比比看

在日文裡，給人「建議」、「忠告」時的常用句型為「～したほうがいい」及「～するほうがいい」。兩者的差別在於：一個用「原形」，而另一個則是用「過去時間的た形」來接續，傳達出的意思雖相同，但在用途上卻有些微不同之處。

○ ～したほうがいい

一、以「動詞た形＋ほうがいい」表達「做……比較好」、「你最好……」的意思。

二、呈現出個人主觀、具體的建議，但其他人卻不一定這樣想：

> 例 ジェットコースターなんて危（あぶ）ないから、やめたほうがいいよ。
> 雲霄飛車很危險的，你還是別搭了吧。
> ※屬於個人的主觀意見

> 例 明日（あした）も紫外線（しがいせん）が強（つよ）いから、日焼（ひや）け止（と）めをつけたほうがいいですよ。
> 明天紫外線也很強烈，要擦一下防曬會比較好喔。

三、可用於「只適用於個別情況的人事物」上，如下方例句：

> 例 君（きみ）の場合（ばあい）は、もっと勉強（べんきょう）したほうがいいですよ。
> 你的話嘛，再多唸點書會比較好喔。
> ※也許是很簡單的考試，但如果說話者判斷對方資質較不佳時，可能就會這樣建議（笑）

〜するほうがいい

一、「動詞原形＋ほうがいい」，同樣表達出「做……比較好」、「你最好……」的意思。

二、給人比較客觀的感覺，重點在「以大部分人的立場為出發點去建議」，個人的主觀意見較薄弱：

> 例 雨の日は電車で通勤するほうがいいですよ。
> 下雨天搭電車通勤會比較好喔。

三、可用於「一般論」：

> 例 発熱などの症状が出た時は、早く医者さんに診てもらうほうがいいですよ。
> 有出現發燒等症狀時，趕快去看一下醫生比較好喔。

四、兩個選項間二擇一時較常使用「〜するほうがいい」：

> 例 聞くより見るほうがいい。
> 百聞不如一見。

情境對話

▶▶▶ 「主觀地／具體地」表達「做……比較好」

健康のために、野菜も食べたほうがいいよ。
為了健康著想，蔬菜也要吃掉喔。

野菜なんて食べられないよ。
蔬菜我吞不下去啦！
※直譯：我吃不了蔬菜這種東西

▶▶▶ 「主觀地／具體地」表達「做……比較好」時……

家族のために、タバコをやめたほうがいいですよ。
為了家人，還是把菸戒掉會比較好喔。

頭では理解しているけど、なかなかできないよ。
腦袋是可以理解啦，但就是辦不到啊！

▶▶▶ 表達「一般論」的「做……比較好」時……

今日は３５度まで気温が上がっているそうだよ。
聽說今天氣溫升到了35度欸！

こういう時はこまめに水分補給をするほうがいい。
這時候最好要勤奮地補充水分。

27. 有在動還是沒在動的？

います／あります ▶小強之亂

差異比比看

日文的「いる／います」以及「ある／あります」，皆翻譯成中文的「有……」，表示**「事物的存在」**。用法上，許多人可能會學到是以「生物」或「非生物」去做區分使用，但實際上卻沒有這麼單純。

● いる／います

一、以「地點＋に＋存在的物體＋がいる／います」表達「在哪裡有什麼」的意思，前方的「地點＋に」視情況可加可不加。

二、看到時，**物體「有在動的」**，會用「いる／います」：

> 例 そこにエビがいます。
> 　　那裡有蝦。
> 　　※指的是「活跳跳」的蝦子

三、車輛、機器人等雖然無生命，但是是可以「動起來」的：

> 例 科学館にロボットがいます。
> 　　科學館裡有機器人。
> 　　※指的是「會動的」機器人

> 例 タクシーがいる。
> 　　有計程車。
> 　　※當作「會動的物體」看待，所以通常是指「計程車裡有坐人」時

還有一個經典的例子：

> 例 あの学校には幽霊がいるらしいよ。
> 　　聽說那間學校有幽靈喔。
> 　　※原則亦同，雖然無生命但是給人的感覺是「會動的」

III　時態與相似句型

ある／あります

上述幾個例子中，有些例子同樣有「ある／あります」的寫法：

一、一樣以「地點＋に＋存在的物體＋がある／あります」表達「在哪裡有什麼」的意思。

二、看到時，物體「沒有在動的」，用「ある／あります」：

> **例** そこにエビがあります。
> 那裡有蝦。
> ※指的是已經「死掉」的蝦子

三、車輛、機器人等也可以用「ある／あります」：

> **例** あの店(みせ)にロボットがあります。
> 那間店有機器人。
> ※感覺比較像是「靜止的」機器人

四、植物雖然有生命，但是由於植物「不會動」，所以習慣用「ある／あります」：

> **例** あの公園(こうえん)にバラがあります。
> 那座公園裡有玫瑰。

▶▶▶ 總結

綜合上述內容我們可以知道，有些物體是兩者通用的，取決於是以「靜止物體」還是「會動的物體」去看待。在兩種皆可用的情況下，「いる／います」給人一種動態感，反之「ある／あります」則給人靜態感。

情境對話

▶▶▶ 表達「有生命、會動的物體」時……

その町には猫がたくさんいるのよ。
那個小鎮有很多貓咪喔。

猫村として有名な猴硐でしょう。
是以貓聞名的「猴硐」對吧。

▶▶▶ 表達「有生命、不會動的物體」時……

どのようなお花を飾るのでしょうか？
您要裝飾什麼樣的花呢？

アジサイがあるといいですね。
如果有紫陽花就好了呢。

▶▶▶ 表達「無生命、會動的物體」時……

飛び出さないでよ！車がいるから！
別突然衝出去啊！有車欸！

危なかった。渡る前に確認しとかないといけないよね。
剛剛好危險啊。過馬路前還是得先確認一下呢！

28. 是自己決定還是身不由己？

なる／ことになる／ことにする　▶小三的下場

聽說因為妳爸的外遇所以最後離婚收場是真的嗎？
お父さんの浮気が原因で離婚することになったって本当ですか？

是啊……
結果就變這樣了。

破壞別人的家庭實在是要不得……
這世界會因果輪迴的唷……

真的是沒救了……

差異比比看

在表示「變化」的時候，從最簡單的「なる」、「ことになる」、「ことにする」一直到進階用法的「ようになる」，都可以用來表示**「事物的變化」**，而這些用法之間有何差別呢？

● なる／なります

以「名詞／形容詞＋なる／なります」來表示「一次性的變化」或「恆常性的變化」，如下方例句：

例 この前は調子が悪かったけど、今はすっかりよくなったよ。
前陣子身體狀況欠佳，但現在已經完全康復囉。
※為「一次性的變化」

例 冬になると寒くなる。
一到冬天天氣就會變冷。
※為「恆常性的變化」：多以「原形（辭書形）」、「ます形」表示

● ことになる／ことになります

一、若前方不是名詞或形容詞，而是「動詞」時，由於動詞不能直接接續同為動詞的「なる／なります」，此時會加上「こと」把前方的動詞「名詞化」，變成「ことになる／ことになります」。

二、以「動詞原形＋ことになる／ことになります」，表示「第三者的決定」或「新的規定」所導致的變化，中文常譯為「規定……」、「變成……」，如下頁例句：

例 マスクをすることになりました。
　　現在規定要戴口罩。　※陳述第三者制定之規定或義務

例 事業を立ち上げることになった。
　　結果變成創業。　※可能是由他人去做決定的

● ことにする／ことにします

一、與上述同理，這裡要先加上「こと」把動詞「名詞化」。

二、「動詞原形＋ことにする／ことにします」，用來表示「自己做的決定」，中文常譯為「決定要……」：

例 事業を立ち上げることにします。
　　我決定要創立事業。　※自己決定的

例 今年の夏休みはヨーロッパに行くことにした。
　　我決定今年的暑假去歐洲。　※自己決定的

三、比起單純用「原形」、「ます形」去表達自身決定，用「ことにする」更增添了一份「過程」在裡頭。有「思考了一段時間後，最後決定要這麼做」的語氣在內。

▶▶▶ 進階用法

● ようになる／ようになります

以「動詞原形／能力形＋ようになる／ようになります」，表示「能力、習慣等的轉變」：

例 お金を稼げるようになりました。
　　現在會賺錢了。　※屬於能力上的轉變

例 早起き早寝するようになった。
現在會早睡早起了。　※屬於習慣上的轉變

情境對話

▶▶▶ 表示「第三者的決定」時……

北海道に転勤することになりました。
我要被調到北海道去了。

送別会をやりましょう！
來舉辦歡送會吧！

▶▶▶ 表示「能力、習慣等」的變化時……

英語が話せるようになった。
我現在會說英文了喔。

独学で勉強したでしょう？すごい！
妳是自學的對吧？好厲害！

▶▶▶ 表示「自己做的決定」時……

明日からは、毎日運動することにします。
我決定從明天開始要每天運動。

どのくらい続けるでしょう。
不知道能撐多久呢。
※意指不知道這份「信念」能維持多久

29. 感恩與諷刺也只在一線之隔？
～てくれる・～てもらう／～てあげる・～てやる

▶妳想對我老公幹嘛

聽說妳老公去出差了喔？
妳有跟他聯絡嗎？

何時會回來啊？

隔壁的鄰居

咦？
妳不知道具體的日期嗎？

應該差不多快回來了啦！

妳想對我老公幹嘛？

沒有啦……
我只是隨口問問而已

您還真是
多管閒事啊……
大(おお)きなお世話(せわ)ですね。
到底關妳什麼事？

差異比比看

　　授受動詞分兩種，**一種是「接受」**，表示「自己對他人的感謝」，是一種「受惠」的心情，如「くれる」、「もらう」，表示「某人幫我做……」。

　　另一種是「授予」，表示「自己對他人的協助」，是一種「施恩」的心情，如「あげる」、「やる」，表示「我幫某人做……」的意思。要注意的是，後者的用法其實不太禮貌，會給人一種自以為是的口氣，所以實際上是不太會用到的（這裡是指當作「授受動詞」時）。

　　在這個單元裡，我們還會介紹授受動詞的特殊用法：用在口語會話時可以表達「被害」、「報復」、「諷刺」、「決心」、「困擾」等語氣。

● くれる・もらう

　　一、句型：「**動詞て形＋くれる・もらう**」

❶ 用來表示**「受惠」**（最普遍的用法，文章及口語皆可使用）

例 友達が日本語を教えてくれました。
　　朋友教了我日文。

例 彼に家賃を立て替えてもらった。
　　我請他幫我代墊了房租。

❷ 反諷法，用來表示**「困擾」、「被害」**（多用在口語）

例 余計なことしてくれたね。
　　你做了多餘的事呢。

あげる・やる

一、句型：「動詞て形＋あげる・やる」

❶ 用來表示「施恩」（最普遍的用法）

例 空港まで送ってあげる。
我送你到機場。

例 彼女の代わりに払ってやるから。
我會代替她付錢的。

❷ 用來表示「報復」、「決心」（用在口語居多）

例 見せてやるぜ！
我就做給你看！

例 今度こそ受かってやるぞ！
這次一定要給他考上！

※ 皆表達出強烈的決心

二、不當授受動詞時，可直接當作「動詞」使用：

❶ 「給予」

例 お年玉をあげる。
給過年紅包。

例 子猫に餌をやる。
給小貓餵飼料。

❷ 另外，「やる」還有「做、進行」的意思，此用法和動詞「する」相似

例 打ち合わせしよう！
來討論一下吧！

情境對話

▶▶▶ 表示「困擾」、「被害」時……

勝手にお菓子を食べてもらったら困るから。
你擅自吃掉零食的話，我會很困擾的。

だって、お腹空いたもん。
可是人家肚子很餓嘛。

▶▶▶ 表示「報復」、「決心」時……

来年こそ合格してやる！
我明年一定要考上！

まあ、決意があるのはいいけど……
這個嘛，有決心是很好啦……

30. 如何表達「有人事先做好了」？

～ています／～てあります

▶手機也要洗得乾淨溜溜

真是個乖孩子，有好好地在洗手。
いい子だね、ちゃんと手を洗っている。

回家要先洗手

也很用心地在幫忙消毒居家環境呢！

我兒真棒……

嗚哇啊啊啊，那個不能碰！！！
快給老娘住手啊！！！

馬麻的東西也是……

手機

影片解說 1分11秒 ｜ 例句音檔 MP3 30

差異比比看

在這個單元裡，我們會介紹「～ている／ています」和「～てある／てあります」。「～ている／ています」最常用來表示「動作進行中」，除此之外還有「狀態」、「形容事物」等用法，學到比較進階的程度之後，還會看到「～てある／てあります」。

～ている／ています

句型：「動詞て形＋いる／います」。

一、用來表示**「動作進行中」**（最常用到）

例 妹がケーキを焼いている。
妹妹正在烤蛋糕。

例 駅に向かって進んでいます。
朝著車站的方向前進。

二、用來表示**「狀態」**（動作結束後的「留存結果」）

例 あの人が廊下に立っています。
那個人站在走廊。

例 彼女はもう結婚しているよ。
她已經結婚了喔。

※這裡不是動作進行中的「正在結婚」，而是指「正處於有婚姻的狀態」

三、用來**「形容事物」**（宛如形容詞般的動詞）。這是一個比較特殊的用法，**常用在「跟時間無關、用來形容事物」**的動詞上。跟用法二不同的是，這些動詞大多「無人為意志在內」：

例 君はお父さんとよく似ているね。
你跟爸爸長得很像呢。

※用「似ている」來形容「長得很像」，無人為意志在內

Ⅲ 時態與相似句型　135

例 工事の影響で電柱が倒れています。
施工造成電線桿倒塌。
※用「倒れている」來形容「電線桿處於倒塌的狀態」，同樣無人為意志在內

～てある／てあります

　　句型：「動詞て形＋ある／あります」，「～てある／てあります」的用途相當單純：

一、用來表示「**狀態**」（動作結束後的「留存結果」），**與表示狀態的「ている／ています」不同的是，「てある／てあります」**強調的是「某人為了某個目的，事先做好的結果」，由於此用法強調受到人為外力影響，搭配的動詞為「**他動詞**」。

二、這個「某人」可以不明確也可以很明確，此時可以從助詞的使用（「が」或「を」）去看出端倪，見下方例句：

例 暗いので、電気がつけてある。
因為很暗，所以有人事先開好了燈。

例 暗いので、（私が）電気をつけてあります。
因為很暗，所以我事先開好了燈。

▶▶▶ 結論

　　在表示「狀態」的時候，可以用「ている／ています」，也可以用「てある／てあります」，差別在於前者單純表示「留存結果」，所以搭配「自動詞」；後者則是「強調人為外力的影響」，動詞搭配「他動詞」。

情境對話

▶▶▶ 表示「動作進行中」時……

> 今(いま)勉強(べんきょう)に集中(しゅうちゅう)しているから、
> 部屋(へや)に入(はい)らないでよ！
> 我現在正在專心唸書，不要進我房間啦！

> あら、珍(めずら)しいじゃない？
> 唉呀，那還真是難得啊！
> ※直譯：很稀奇、少見的意思

▶▶▶ 表示「狀態」時……（留存結果）

> あっ、店(みせ)が閉(し)まっている。
> 啊，店沒開欸。

> 他(ほか)の店(みせ)を探(さが)そう！
> 找找看別的吧！

▶▶▶ 表示「狀態」時……（強調人為外力影響）

> 食(た)べ物(もの)は確保(かくほ)してありました。
> 我已經先備好糧食了。
> ※可能是為了颱風／天災準備等

> それは大事(だいじ)ですね。
> 那很重要呢。

III 時態與相似句型　137

31. 你「被」害了嗎？

~が来ました／~に来られた ▶我要加倍奉還

不可原諒……！

以牙還牙、以眼還眼
我要加倍奉還！
やられたらやり返す、
倍返しだ。

呀———！
好帥喔我的天！

完全是我的菜

・・・・・・

口水可以收起來嗎？

差異比比看

　　這個單元介紹的是「被動用法」，又稱為「受身用法」，指的是「他方對我方所做的行為」。在中文的說話習慣裡，我們比較少會用「被誰怎麼樣了」這種說話方式，取而代之的是直接把主格改成對方，去掉「被」。

◎ 如何表達被動用法

一、句型：

❶「我方が＋動作方に＋動詞受身形」

❷「我方が＋動作方に＋東西を＋動詞受身形」

❸「東西が＋動作方に＋動詞受身形」

二、如何把動詞變成「受身形」：

❶ 第一類動詞：字尾「u」改為「a」＋れます／れる

例 打つ → 打たれます／打たれる

❷ 第二類動詞：去掉「る」＋られます／られる

例 食べる → 食べられます／食べられる

❸ 不規則動詞：去掉「する」＋されます／される

例 勉強する → 勉強されます／勉強される

❹ 例外用法「来る」：来る → 来られます／来られる

◎ 被動用法的使用時機

一、感到「受害」、「困擾」時，句型：「我方が＋動作方に＋動詞受身形」：

例 私が上司に指名されました。
直譯：我被主管提名了。
※比較自然的中文：主管提名了我

二、也可以用在「所有物」受害時，句型：「我方が＋動作方に＋東西を＋動詞受身形」：

例 私が妹にお金を盗まれた。　我被妹妹偷錢了。
※比較自然的中文：妹妹偷了我的錢

三、表示「中立客觀的事實」時（多用在新聞報導或陳述事實上），句型：「東西が＋動作方に＋動詞受身形」。這時沒有「我方」，也沒有「被害」的涵意，焦點放在事物上，中文翻譯時也不會加上「被……」。

例 新製品がA社に発表されました。
A公司發表了新產品。
※這裡的動作方「A社」可以省略，當動作者不重要的時候就不需要提出來

例 マンションが建てられた。　蓋了公寓。
※公寓一定是「被人」建造出來的，但是那個「動作方」是誰不重要，所以不提出來才是比較自然的說法

補充說明

有些本身就已經具有「被……」涵意的動詞，是「沒有被動用法」的：

例 カンニングがバレました。
作弊被抓包了。
※也可以說：見つかりました。這些字本身就已有「被發現」、「被曝光」的語意在內了

另外一個經典例句：

例 犯人が捕まりました。
　　犯人被抓到了；犯人落網了。

情境對話

▶▶▶ 表示「受害」、「感到困擾」時……

あの犬は飼い主に捨てられたらしい。
那隻狗狗好像被飼主棄養了。

かわいそう。
好可憐。

▶▶▶ 表示「受害」、「感到困擾」時……

彼女に裏切られたのよ。
我被女友背叛了啦。
※更自然的中文：女友背叛了我

あり得ない！
怎麼可能！

32. 是結緣還是離緣了?

結婚しました／結婚しています ▶初為人妻的滋味

哇～這不是阿和嗎?
真是巧遇呢!
一起去喝杯茶吧!

哎呀,這不是小雪嗎?
好久不見了呢!

結婚しましたよ!

本想傳達的原意:我結婚了

俚供蝦毀?!

咖啡廳

驚嚇!

還沒意識到
自己被誤會
的女子

結了婚然後
又離婚了的
意思嗎?
天啊……

差異比比看

　　這裡的概念會有一點複雜。其實，要表達中文裡的「我結婚了」，依照上下語境講成「結婚している／結婚しています」或「結婚しました」都是可以的。只是，有時也會用「結婚しました」表達「結過婚」的意思，所以為了避免被誤會，講成「結婚している／結婚しています」會比較保險。不過，如果對話時的語境是對方在向你詢問：「你結婚了沒？」這時回答「結婚しました」是不太會被誤會的，在這裡，就只是單純地用日文的「過去時間」表達「已經完成了」這件事。

● しました／した的用法

表示「過去的事實」或「過去發生過的事」：

例 **親友に会いに行きました。**
　　去見了摯友。

例 **グラスが割れました。**
　　玻璃杯破掉了。

　　※描述「過去發生的事」，但現在不知道怎麼樣了

● しています／している的用法

　　之前的單元裡有提過「しています／している」的用法，這裡一併統整做比較：

❶ 表示「動作進行中」

例 **今勉強をしています。**
　　現在正在唸書。

Ⅲ　時態與相似句型　143

例 株価が上昇している。
株價持續上漲中。

❷ 表示「狀態（留存結果）」
例 メガネをかけている人。
戴著眼鏡的人。
例 彼氏が家に引きこもっています。
男友一直關在家裡。

❸ 表示「習慣、重複的動作」
例 私は毎日運動していますよ。
我每天都有運動喔。
例 弟はずっとゲームをしている。
弟弟最近一直在打遊戲。
例 彼は大学で日本語を教えています。
他在大學教日文。

※ 由於「工作內容」也是一個不斷重複的動作，所以在講到「職業」的時候，也可以用「ています／している」

❹ 表示「仍然影響到現在的經驗」，雖然已經是過去發生的事，但仍然用「ています／している」，代表「這件過去發生的事情仍然和現在有所關聯」：
例 彼は昔イギリスで働いている。だから、英語が上手なわけだ。
他以前在英國工作過，所以英文才會那麼溜。

情境對話

▶▶▶ 表示「過去的事實 / 發生的事」時……

昔、大きな地震が起きました。
以前發生過很大的地震。

そんな歴史があったんだ。知らなかった。
原來有這樣的歷史。我之前都不知道。

▶▶▶ 表示「狀態（留存結果）」時……

厳しい状況がまだ続いています。
現在狀況仍然很嚴峻。

いつになったら普通の生活に戻れるでしょう。
什麼時候才能回歸平常的生活呢。

▶▶▶ 表示「習慣、重複的動作」時……

毎日在宅勤務していて、もううんざりだよ！
每天都一直在家工作，我已經受夠了！

IV

助詞

33. 今晚,你想來點什麼?

が／を ▶PASTA的藝術

差異比比看

常用助詞「が」和「を」同樣都可以用來表示「動作的對象」，少數情況可以互換使用，但大部分情況不行。這種助詞經常是日文初學者最頭痛的關卡之一，由於文字敘述較難理解兩者間的微妙差別，所以這裡會列舉幾個情境，讓大家去思考和體會其中的差異。

● 情境一：點餐的時候

一、**有眾多特定選項時，用「が」來表示「限定」**，強調的是前方，比如，當你看著外送平台的店家清單時：

> 例 どれにする？
> 　　要選哪個呢？

> 例 マクドナルドが食べたい。
> 　　我想吃麥當當。
> 　　※從眾多選項中選擇了麥當當，限定了對象

二、**沒有特定選項時，用「を」強調後方的動作**，而前方則為「動作標的」，比如午餐時間到了，你和同事開始討論午餐要吃什麼：

> 例 お腹空いたね。
> 　　肚子餓了呢。

> 例 マクドナルドを食べたい。
> 　　我想吃麥當當。
> 　　※沒有特定的選項，但「想要來點麥當當」

三、在情境一中，「が」、「を」可以互換，意思上不會有太大的差別。

🔵 情境二：想要強調「動作」的時候

一、前面提到「を」偏向強調後方的動作，所以某些特殊例句，用「を」聽起來會更自然。若想表達「想要快點完成作業」時，強調的重點就會落在後方「想要快點完成」的這個動作上：

例 宿題を早く終わらせたいです。（○）
例 宿題が早く終わらせたいです。（？）

二、同理，以「我想要休學」這個表達來看，**強調的部分一樣是落在「休學」的這個動作上**：

例 学校をやめたいです。（○）
例 学校がやめたいです。（？）

三、另外需要特別注意，「が」還有當作「句子主體」的用法，在當成「句子主體」用的時候，和「を」的用途是不同的，整句話的意思也不同：

例 弟を殴る。　　揍弟弟。　　（○）
※「を」前方的「弟弟」為「動作的標的」

例 弟が殴る。　　弟弟要揍。　　（？）

※ 此時的「が」並非「對象的限定」，而是當作句子主體（在此為「動作者」）使用。但是這句話並不完整，因為缺少了「動作標的」——弟弟要揍誰？這個部分就沒有說明清楚了

▶▶▶ 總結

「が」強調前方的選擇，在本單元的情境中是用來表示「限定」，用在有「複數選項、需要從中去選擇」的情況，而**「を」則強調後方的「動作」**。

情境對話

▶▶▶ 表示「對象的限定」時……

果物(くだもの)の中(なか)で何(なに)が一番(いちばん)好(す)きですか？
水果當中你最喜歡的是哪一種呢？

りんごが一番(いちばん)好(す)きですよ。
我最喜歡蘋果了喔。
※強調「就是蘋果而不是其他的水果」

※ 在日文裡，表達「我喜歡……」的「好(す)き」是屬於形容動詞（な形容詞），而助詞「が」也可以用在「形容詞的對象」上，常搭配「好(す)き」，經典句型「～が好きだ」（我喜歡的是……）即是這種用法

▶▶▶ 「が」、「を」兩者皆可使用時……

マスクを外(はず)して、新鮮(しんせん)な空気(くうき)が／を吸(す)いたいんだよ。
我想要拿下口罩吸新鮮空氣啦！

駄目(だめ)だよ。
不行啦！

※ 此時，兩種助詞是可以互換的，想強調後方的「動作」（吸(す)いたい）就用「を」，想強調前方的「新鮮空氣」（新鮮(しんせん)な空気(くうき)）就用「が」，意思上沒有什麼太大的差異

Ⅳ　助詞　151

34. 輸人不輸陣！管他房子是不是在台北？

に／で／を ▶土豪前男友

居然碰到這傢伙……
真是走霉運……

哎呀，這不是小靜嗎？
好巧啊！近來可好啊？

土豪前男友

又是這軟爛男……

我最近可是買了在台北的新房呢！
台北(たいぺい)に新(あたら)しい家(いえ)を買(か)ったよ。

喔呵呵呵呵……

怎麼好像有點帥？

……

我最近也在東京買了房子喔！
私(わたし)も最近(さいきん)、東京(とうきょう)で家(いえ)を買(か)ったのよ。

雖然地點不是在東京……

152　影片解說 2分17秒　例句音檔 MP3 34

差異比比看

與「場所」相關的助詞主要有三個：「に」、「で」以及「を」，對於初學者來說是相當令人頭痛的一個部分，尤其「に」和「で」除了本單元介紹的用法之外，另外還有許多其他的用法。**在此我們只針對其表示「場所」的用法作解釋**，文字敘述比較難呈現出它們之間的差異，所以以下將會搭配圖例來呈現它們的核心概念。

● に／で

一、「に」與「で」為表示「場所、地點」時的兩大常用助詞，下面將會一一介紹其差異。首先，「に」可以表示「存在的場所」，常搭配「いる」、「ある」使用：

例 部屋に猫がいる。　　（○）
　　部屋で猫がいる。　　（×）
　　房間裡有貓。

　　※「で」不能表示「存在的場所」

二、「に」表示「目的地」，而「で」表示「途徑／範圍」，兩種用法在語感上有微妙區別，以漫畫中的對話為例：

例 東京に家を買いました。
　　買了在東京的房子。

　　※房子地點確實在東京

例 東京で家を買いました。
　　在東京買了房子。

　　※在東京執行了「買房子的這個動作」，所以「東京」在此為「執行動作的途徑」，可能是在當地利用網站下單等方式購買，但是房子不一定在東京

三、以圖例呈現的話，會像下圖這樣：

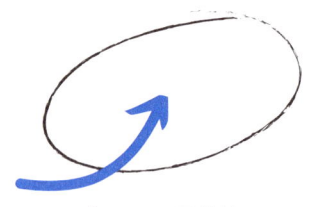

「で」：動作途徑／範圍　　　　　　　「に」：目的地

四、「で」、「に」還可以從上述概念中延伸出其他用法：

❶「に」可表示「動作的目的」，經常跟「行(い)く」、「来(く)る」等動詞做搭配

例 彼女(かのじょ)と映画(えいが)を見(み)に行(い)きます。
跟女友去看電影。
※此時「に」前方的「看電影」即為「行きます」的目的

❷「で」可表示「動作場所」或「執行方法／手段」

例 今日(きょう)は家(いえ)でテレワークします。
今天在家遠程辦公。

例 アルコールで消毒(しょうどく)する。
用酒精消毒。

五、以核心概念來看，「に」感覺比較像是一個「特定點」、「動作的目的／目的地」，而「で」則是「限定範圍」：

例 あそこに止(と)めてください。
請停在那裡。
※像是在停車場引導別人停車到某定點上的感覺

例 あそこで止(と)めてください。
請在那邊停下來。
※像是請司機靠邊停、停在某一區域範圍內時的用法

を

助詞「を」大多用來表示「動作的標的」，但其實它也有跟「場所」相關的應用：

❶ 表示「離開」的場所

例 家を出ます。
離家。

※ 這裡的「離家」，比較像是「離家出走、出遠門、外出工作讀書」等暫時不會回來的情況

❷ 表示「通過、穿越」的場所

例 鳥が空を飛びました。
鳥飛越過天空。

※ 有「穿越」過天空的感覺

情境對話

▶▶▶ 表示「目的／目的地」時……

うちの娘も結婚の年齢に入っているんだよね。
我們家女兒也到了出嫁的年紀了。

時間が経つのは早いですね。
時間過得真快呢！

▶▶▶ 表示「動作途徑／範圍」時……

家でダラダラ過ごすのはやめなさいよ！
別老是待在家無所事事的！

35. 出門還是出遠門？

を／から ▶女兒離家出走了

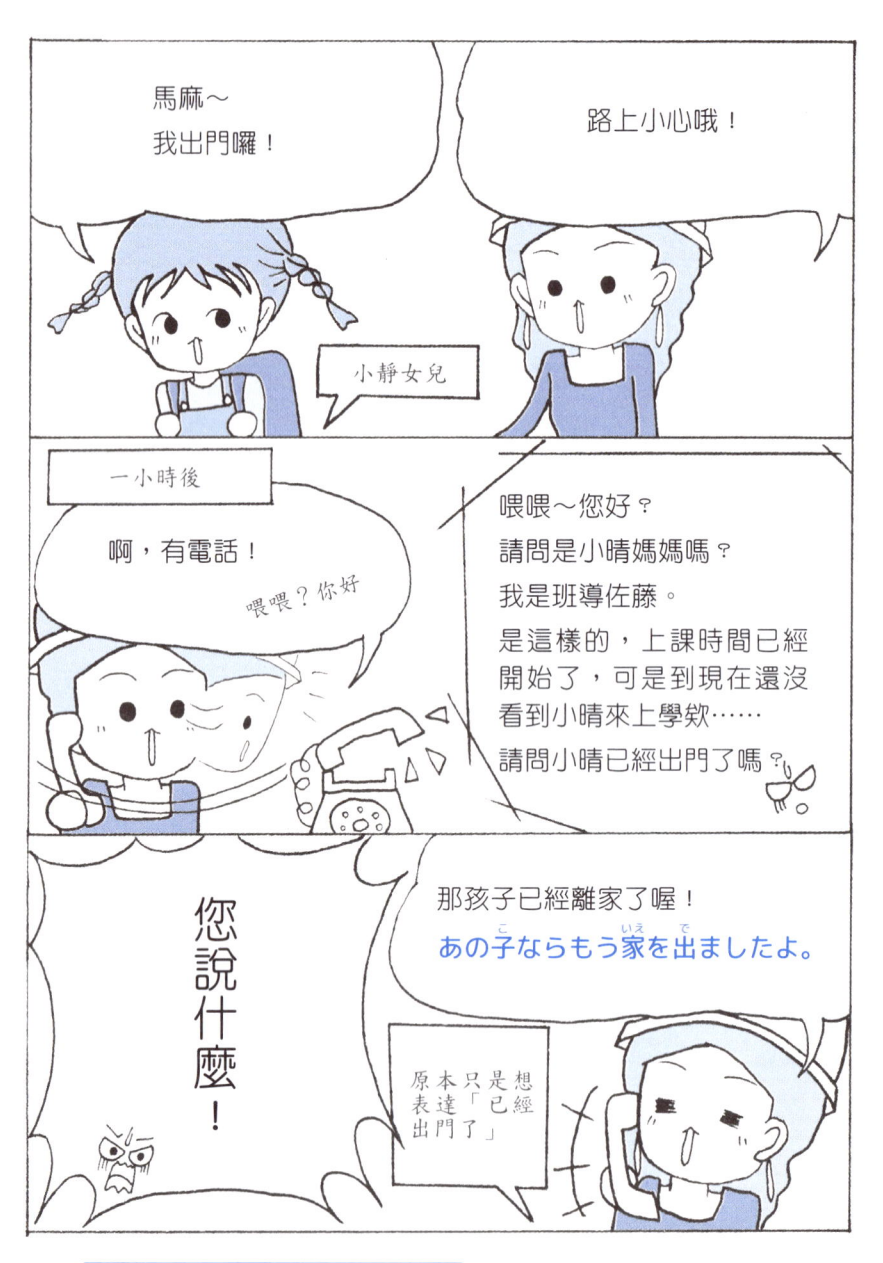

馬麻～
我出門囉！

路上小心哦！

小靜女兒

一小時後

啊，有電話！

喂喂？你好

喂喂～您好？
請問是小晴媽媽嗎？
我是班導佐藤。
是這樣的，上課時間已經開始了，可是到現在還沒看到小晴來上學欸……
請問小晴已經出門了嗎？

您說什麼！

那孩子已經離家了喔！
あの子ならもう家を出ましたよ。

原本想表達「已經出門了」只是

差異比比看

　　上一個單元有說到「を」這個單字可以用來表示「離開」、「出發」的場所，**搭配上動詞「出る」的「家を出ます」**，很多時候會用這個講法來表示「要出遠門、離家出走、到外地唸書工作」等暫時不會回家的情形。不過，如果有上下語境輔助，說話者也有可能用「家を出ます」表達「我現在要出家門了」（假設對方打電話來催促）這種很一般的意思。實際使用時，還是需要我們依據當下的情境與語境，去理解對方想表達的意思為何喔！

● を／から

一、**助詞「を」最常見的用法是表示「動作標的物」，語氣強調的重點落在句子的後方**（也就是動作的部分），單純表達出「我要做某動作／行為」，帶有一種個人決意的感覺：

> 例 ご飯を食べます。
> 　　吃飯。

二、如果想特別強調**「決定改變個人的某些習慣」**時，可以使用另一個句型「動詞原形＋ことにします」：

> 例 パクチーを食べることにします。
> 　　我決定要開始吃香菜了。
> 　　※ 代表以前根本就不吃香菜，傳達出想要改變個人習慣的決心

三、「を」的另一個概念是「穿越、通過」的意思，搭配了助詞「を」的「離家」：

> 例 家を出ます。
> 　　離家。

四、用來表示「離開」、「出發」的「を」，可用來描述「具有抽象意義的動作」：

　　例 学校を出ます。
　　　　畢業。

五、「から」表示的是一個「出發點」，單純表達出「動作移動的起點」，沒有像「を」那樣含有人為意志的語感存在。一般我們說的「出門」，指的通常是「白天出門，晚上就會回家」的情況，此時用的助詞大多是「から」：

　　例 もう家から出ましたよ。
　　　　我已經出門了喔。

六、用來表示「離開」、「出發」的「から」，可用來描述「具體動作」，也可以用在「時間的起點」上：

　　例 電車から降りました。
　　　　我下電車了。
　　例 学校から出ます。
　　　　出校門。
　　例 明日から夏休みに入ります。
　　　　明天開始放暑假。

情境對話

▶▶▶ 用來描述「具有抽象意義的動作」時……

大学を卒業したら何をしたいですか？
大學畢業後想做什麼呢？

まだ決めていないですけど。
我還沒決定好說。

▶▶▶ 用來描述「穿越、通過」時……

今どこ？もう駅を出たよ。
你在哪啊？我已經出站了喔！

もうちょっと待っていてね。
你再等我一下下喔。

▶▶▶ 用來描述「時間的起點」時……

ご出張はいつからですか？
您何時出差呢？

来月の頭からですよ。
從下個月月初開始喔。

36. 朝著目標向前行

に／を ▶體力不支的男子

我們到了！
你看！
這就是京都
有名的坡道喔！

什麼？
這坡道未免也太長了吧……

既然都來了，我們就爬到最上面去吧！
せっかくだから、坂道に上りましょう。

爬坡我不行的啦……
坂道を上るなんて無理だよ。

你也太弱了吧！！！

小秋……
妳不要
走那麼快……
等等我啦！

差異比比看

之前提到「に」跟「を」用來表示場所時，「に」傳達出的是一種「目的／目的地」的感覺，而「を」這個字則表示「穿越」或「離開」等意思。

除此之外，在表達「動作的目的」時，這兩種用法之間有什麼不同？漫畫中，小秋和阿和分別用了「に」、「を」去表達「爬坡」的這個動作，在意思上又有什麼差異呢？

● に／を

一、「に」在這裡同樣是「目的／目的地」的概念，**語感上強調「以……為目的地／目標而做此動作」**。雖然一樣都是「爬坡」，但是語感上比較像是：

> 例 坂道に上ります。
> 以坡頂為目的地／目標而爬坡。

二、而這裡的「を」，只是單純表達「要去做……動作」而已，**不一定有很明確的目標**。同一句話把助詞改成「を」的話，語感上會比較像是：

> 例 坂道を上ります。
> 我要來爬坡。
> ※單純表達個人意志

三、另外，這句話還可以使用另一個助詞：「へ」。「へ」單純表達出「方向」，為「朝著……方向前進」的感覺，所以這句話的意思會變成：

> 例 坂道へ上ります。
> 朝著坡道的方向開始爬。

▶▶▶ 補充用法

○ 触る

一、另外，再介紹一個可以同時與「に」、「を」搭配的動詞，這個動詞會因搭配助詞的不同，而在意思上產生微妙的差異，這個動詞便是：「触る」。

二、日本旅遊時，常常會在觀光勝地的展示間看到「請不要隨意觸碰」的告示牌對吧？想表達「不要隨便觸碰」的時候，可以怎麼表達呢：

例 **展示品に触らないでください。**
請不要觸碰展示品。　※有意圖地輕碰、停留時間較短

例 **展示品を触らないでください。**
請不要觸摸展示品。　※有意圖地碰觸、停留時間較長

三、不過，我們實際上最常看到的會是下面這句：

例 **手を触れないでください。**
請不要觸碰到展示品。　※指「無意間」輕輕碰觸到

首先，這句話有兩個特色：

❶ 動詞不用「触る」，改用「触れる」來表示「不小心碰觸到」的情形
❷ 把「展示品」這個字省略了，所以完整的句子會是：「展示品に手を触れないでください。」

▶▶▶ 結論

同樣的一句話，日文卻可以透過變更動詞、助詞，來傳達出

微妙的差異，是不是很有趣呢？這裡大家可以來思考一下，「襲胸」這個字，應該要怎麼說呢？（解答見情境對話）

情境對話

▶▶▶ 強調「以⋯⋯為目的地／目標而做此動作」

この上に登ったらいい景色が見えるよ！
爬上去之後就可以看見美麗的風景喔！

でも私は高所恐怖症なんだよ。
可是我有懼高症欸。

▶▶▶ 單純表達「要去做⋯⋯動作」時⋯⋯

階段を上るのは辛いんだよね。
爬樓梯是很累人的。

確かに。
確實。

▶▶▶ 常見動詞「触る」＆「触れる」⋯⋯

私の胸を触ったでしょう！
你摸了我的胸部對吧！

いやいや、ちょっと触れてしまっただけですよ。
不不不，是不小心碰到的啦！

37. 一廂情願還是互相有約？

に／と ▶軟男悲歌

好無聊沒事做……
來去找小櫻好了
桜(さくら)ちゃんに会(あ)いに行(い)こう。

啊，那不是小櫻嗎？
來得真是時候！

哎呀，阿大？
你來這裡幹嘛？
我已經跟別人交往了欸！
他(ほか)の人(ひと)と付(つ)き合(あ)うようになったよ。

什・麼……

影片解說 1分03秒 | 例句音檔 MP3 37

差異比比看

　　這個單元會提到「に」的另一個概念：**「動作的對象」**。動作可以分為「單向動作」或「雙向動作」，此時還會用到另一個助詞「と」。

　　每一個動作都有其動詞的特性，有些可以單方面執行、也可以共同執行（雙向），如動詞「会う」（見面）；還有一些動詞通常只用來表示雙向，如「結婚する」（結婚）。

● に／と

一、「に」可用來表示「目的／目的地」，若是覺得還要額外記憶「動作的對象」會在學習上會造成負擔的話，也可以試著從「目的／目的地」的概念去做延伸。想像一下，當你給某人禮物的時候（友達にプレゼントをあげる），東西「到達的地點」是不是對方那邊呢？這裡的「に」就是指「禮物贈送的對象」：

> 例 猫に餌をやります。
> 　　給貓餵飼料。　※「貓」為「餵食的對象」

二、當「に」和「と」同樣當作「動作的對象」時，「に」為**「單方面動作」**，而「と」則為**「雙方共同動作」**。前面提到每個動詞都有它原本的特性，而依據這些特性，常搭配的助詞也會隨之改變：

> 例 友達に訪れます。
> 　　拜訪朋友。
>
> 例 彼女と結婚します。
> 　　和女友結婚。
> 　　※結婚是雙方一起進行的，所以用「と」

Ⅳ　助詞　165

漫畫中的例句也是：

例 彼と付き合う。
和他交往。

用「に」的話，聽起來就會不太自然：

例 彼女に結婚します。　　（？）
例 彼に付き合う。　　　　（？）

三、還有些動詞會同時適用不同助詞：

例 友達に会います。
見朋友。
※偏向「自己單方面」去找朋友

例 友達と会います。
見朋友。
※和朋友「互相約好了」要見面

四、另外，助詞「に」、「と」用在表示變化的「～に／となる」時，在意思上也會有微妙的變化。寫成「～になる」的話，比較像是「漸進式的、理所當然的變化」，而「と」則為「突發性的、預料之外的變化」。此外，以文體來看，「に」偏向口語，廣泛用於會話中，而「と」則偏向書面用語：

例 雨になりました。
下雨了。
※「漸漸地」下起了雨（理所當然）

例 大雨となりました。
下大雨了。
※「突然就」下起了大雨（預料之外）

情境對話

▶▶▶ 表示「單方面動作」時……

山田くんは今日学校に来ていないの？
山田君今天沒來學校嗎？

彼に電話しよう！
打個電話給他吧！

▶▶▶ 表示「雙方共同動作」時……

父は子供と遊ぶのが好きでした。
家父以前很喜歡和小孩子玩耍。

父親らしいですね。
很像是一名父親會做的事呢。

▶▶▶ 表示「雙方共同動作」時……

週末は友達と一緒にバーベキューするのよ！
週末我要跟朋友一起烤肉喔！

いいなぁ、うらやましい。
真好，好羨慕喔。

V

動詞

38. 不知道還是不想管？

知る／分かる ▶飲水機壞掉了

又壞掉了啦……
你知道怎麼修理嗎？
直し方分かる？

飲水機怎麼了嗎？

那種事我怎麼會知道，別管它了啦！
知らないよそんなの、ほっといてよ！

注意一下你的態度……

啊？
你那是什麼意思？
這本來是你應該要做的事欸……
（碎碎念）

對……對不起

差異比比看

　　從這個章節開始，會提到相似動詞之間的差異：首先是「知る」、「分かる」。翻譯成中文時兩者都是「我知道」，不過在意思上還是有些不同的。

◯ 知る／分かる

一、核心區別：

❶ 知る：偏向**「是否知曉某人事物」**，是「沒認知到有認知」的階段

❷ 分かる：偏向**「弄清楚／理解」**，是「模糊認知到清楚認知」的階段

二、用「知る」表達「我知道」的時候，常以「知っています／知っている」的形態出現，而「分かる」則用原形／ます形（也就是「分かる／分かります」）居多：

> 例 その苦しみを知っている。
> 　　知道那種痛苦。
>
> 例 日本語が分かります。
> 　　懂日語、會日語。

三、以漫畫情境中使用的動詞來看：

> 例 直し方を知らない。　　不知道修理方法。
> 　　※完全不知道，連半點知識都沒有，一無所知的意思
>
> 例 直し方が分からない。　　不理解修理方法。
> 　　※可能有看過說明書，但是還是不太理解，不知道實際上要如何操作

四、寫成否定形的「知らない」，用在某些特定情境下時，可能會招致對方的反感，比如說：

> 例 この数学の問題を知らない。
> 　　不知道如何解這道數學題。
> 　　※完全不知道，可能連自己嘗試解題都沒做過就直接說不知道

> 例 この数学の問題が分からない。
> 　　不理解如何解這道數學題。
> 　　※可能已經嘗試解過題目，但仍然不理解時

也可以講成：

> 例 解き方が分からない。
> 　　不知道怎麼解題。

五、「知らない」還有另一個用法：表達**「不甘我的事」**

❶ 如果對方只是單純問你「是否知道某個東西」時，用「知らない」是沒有問題的，單純表達「我不知道、沒有聽過」的意思

❷ 但是，如果對方是在質問某事是否與你有關係、或者這件事是你份內該做的事情時，說成「知らない」的話，意思就會變成「不甘我的事、跟我沒關係」

情境對話

▶▶▶ 表示「是否知曉某人事物」時……

あの人知っていますか？
你知道那個人嗎？

知っていますよ。
歌手として活躍する「佐藤さん」ですよね？
知道喔。
是以歌手身份進行活動的「佐藤先生」對吧？

▶▶▶ 表示「弄清楚 / 理解」時……

この質問の意味分かります？
理解這個問題的含意嗎？

いや、どうしても分からないんですよ。
不，實在怎麼也想不明白啊！

▶▶▶ 「知らない」的其他用法……

あの人のことはよく知っているよ。
我跟那個人還滿熟識的喔。
※這裡的「知る」為「認識某人、熟識」的意思

39. 聽得到還是聽得見？

聞こえる／聞ける ▶熊熊奇緣

只要來這裡就可以聽見鳥叫聲喔！

ここに来ると鳥の声が聞けるよ。

真的欸！

感覺自己的心也都跟著靜下來了呢！

嗯？好像有什麼聲音……

何か聞こえてこない？

嗚哇啊啊啊！是熊！快逃啊！

差異比比看

「聞こえる」和「聞ける」的用法非常相近,中文多譯為「聽得到」,在初學階段比較難分辨兩者的差別。

● 聞こえる

一、核心區別:

❶ 聽覺能力正常無異,可以聽得到

❷ 自然而然聽到的聲音

二、聽覺正常的情形下,能夠影響「聽不聽得到」的情況可能有:「聲音太小聽不清楚」、「聲音太遠」、「環境雜音」等因素。所以,在講電話時,若覺得對方聲音太小,或通話有雜音的話,通常會用「聞こえる」來詢問:

> 例 もしもし、聞こえますか？
> 喂喂,能聽到我的聲音嗎？

> 例 あの人は声が小さいので、何喋っているか聞こえないです。
> 那個人聲音很小聲,根本聽不到他在說什麼。

三、如果使用「否定形」變成「聞こえない」的話,除了上述「聲音太小」、「聲音太遠」、「環境雜音」等導致的「聽不到」之外,**也有可能是指本身聽覺上的問題**,可能是因為上了年紀等造成的自然退化,或者是先天上的聽覺缺陷:

> 例 徐々に耳が聞こえなくなっている。
> 耳朵變得越來越不靈光了。
>
> ※ 表達出本身聽覺能力的轉變,可能是因為上了年紀的關係,又或者是疾病所引起

V 動詞 175

○ 聞ける

一、核心區別：

❶ 與聽覺能力好壞無關，重點在「要不要、想不想聽」（有意識性）

❷ 環境或條件允許聽見

二、舉例：

例 あの店に行ったら、好きな音楽が聞けるよ。
只要去那間店就可以聽喜歡的音樂喔。
※漫畫情境中用了肯定形的「聞ける」，如果用成否定形的「聞けない」，則會變成「環境」、「條件」上的不允許

例 鳥の声が聞けない。
聽不到鳥叫聲。
※有可能是位處的這一帶本來就沒有鳥等外在環境條件上的不允許，跟本身的聽覺能力無關

情境對話

▶▶▶ 表示「自然而然聽到的聲音」時……

何（なん）か聞（き）こえない？
你有沒有聽到什麼聲音？

ちょっと、驚（おどろ）かさないでよ。
喂，妳別嚇我好不好！

▶▶▶ 表示「環境或條件允許聽見」時……

動画（どうが）を観（み）れるだけでなく、様々（さまざま）な音楽（おんがく）も聴（き）けますよ。
除了有影片可以看之外，還有很多音樂可以聽喔。

早速会員登録（さっそくかいいんとうろく）しましょう。
來註冊會員吧！

40. 一人言還是雙向溝通？

言う／話す ▶漫畫家的一天

漫畫家的工作非常辛苦
一天只睡2個小時是家常便飯
這天，正當作者疾筆振書之時……

刷刷刷……

嗯……要不要跟編輯部商量一下呢？
ちょっと編集部と話し合おうかな。

老師，編輯來電了，說今天是截稿日，要您今天之內儘速把稿子交出來。

哇～～～
我不行了！
畫不出來了啦！

老師，請您冷靜一點……

差異比比看

「言う」、「話す」都是初學時期會看到的單字，相信大家也對它們不陌生，在這個單元裡，我們就要來看一下它們的使用時機，以及語意上的差異。

● 言う／話す

一、核心區別：

❶ 言う：著重「說的內容」，不一定會有說話對象
❷ 話す：著重「傳達想法」，有對象的雙向對話

二、「言う」的特色為「單方向」，單純說出自己要講的內容，中文常譯為「說」、「講」：

> 例 言いたいことは全部言った。
> 想講的話全都講了。

> 例 彼はどうしても言わないです。
> 他怎麼樣都不肯說。

三、「話す」的特色為「雙方向」，將自己的想法傳達給對方，可以進一步表達「雙向溝通」的語意，中文常譯為「談話」、「討論」：

> 例 友達に会って、今後の計画について話した。
> 跟朋友見面談了一下往後的計畫。

> 例 話したいことがあるんだけど。
> 我有話想說。
> ※有話想跟對方談一談

V　動詞　179

四、口語日文中常用的省略用法：「～だって／～って」

例 彼はうちに来るって。
＝彼はうちに来ると言った。
　　他說要來我家。

五、例外：

❶ 表達「名為……的東西」時，一律用「いう」

例 これはチーパイという食べ物。
　　這食物叫做「雞排」。

❷ 表達說某種「語言」時，固定用「話す」

例 英語を話す。
　　說英語。

六、由原本的語意延伸出複合動詞：

❶ 言い合う（情緒化地表達自己的意見＝吵架）

例 ちょっとしたことで言い合いになった。
　　因為一點小事一言不合。

❷ 話し合う（為了要解決問題而進行談話＝溝通／商量）

例 その問題について友達と話し合った。
　　就此問題跟朋友商量了一番。

情境對話

▶▶▶ 表示「著重說的內容，不一定有說話對象」

訳のわからないこと言わないで！
少說那種莫名其妙的話了！

▶▶▶ 表示「著重在傳達想法，有對象的雙向對話」

人と話すのが苦手だよ。
我不擅長跟人說話。

▶▶▶ 表達「說某種語言時」時……

彼女は複数の言語を話せるのよ。
她會說很多種語言喔。

それは凄すぎるだろう。
那也太厲害了吧！

41. 學習的各種方式

勉強(べんきょう)する／学(まな)ぶ／習(なら)う ▶現代人十八般武藝

現代的人身兼十八般武藝……
不管是才藝……

學小提琴！
バイオリンを習(なら)う。

還是下班後學習新的事物……

學日文！
日本語(にほんご)を勉強(べんきょう)する。

還要每天接收如爆炸般的龐大資訊……

鄉民

原來還有這招可以抓住男人的心……（喃喃自語）

學知識……？
知識(ちしき)を学(まな)ぶ。

差異比比看

　　說到「學習」的相關日文單字，大家腦中首先浮現的應該是：「勉強する」。此外，還會偶爾看到「学ぶ」跟「習う」，以使用頻率來看的話，「勉強する」跟「学ぶ」最常用，而這些用法之間又有什麼差異呢？

○ 勉強する

一、核心特色：

❶ 給人「非常努力」、「埋頭苦讀」的印象，較偏向中文「用功」的意思

❷ 主要用在「學科類」的學習，或**針對某一領域做研究**等

二、相關例句：

例 彼は一生懸命に韓国語を勉強している。
　　他很努力地在學韓文。

例 人工知能を勉強したいと思います。
　　我想要學習人工智慧。

三、要注意，當我們要跟對方說「獲益良多」、「從您身上學到不少」時，會說成「勉強になりました」，切記不能說成「勉強しました」喔！聽起來會相當地失禮：

例 勉強になりました。　　（○）
　　獲益良多。

例 勉強しました。　　　　（×）
　　我之前就學過了。

V　動詞　183

学ぶ

一、核心特色：

❶ 一樣可用於學科類的學習

❷ 使用範圍較廣，為**「掌握某種知識」**的意思，也可用在比較**抽象的學習**

二、相關例句：

例 英語を学ぶ。
學習英文。

例 正しい価値観を学びます。
學習正確的價值觀。

習う

一、核心特色：

❶ 有老師在旁「教導」的感覺，為「從他人身上學習」，像是請家教、上補習班學習等

❷ 需要實際練習或實作的技藝

二、相關例句：

例 ピアノを10年間習っていた。
我學了10年的鋼琴。

例 塾で日本語を習っています。
在補習班學習日文。

另外，若想強調學習方法為「自學」，還可以用「独学する」：

例 独学で日本語を学びました。
靠著自學學了日文。

其他例句

▶▶▶ 表示「認真唸書」時……

勉強する時間を捻出するのは大変なんですよ。
要擠出唸書的時間是很困難的。

▶▶▶ 表示「掌握某種知識、抽象學習等」時……

楽しんで学ぶのは大切だと思う。
我覺得快樂學習是很重要的。

▶▶▶ 表示「從他人身上學習、需要實際練習或實作的技藝」時……

習うより慣れろ。
實踐出真知、熟能生巧。
※為一慣用語，意思是「與其讓別人來教導，不如透過反覆練習讓自己自然習得該技能」

42. 刻意去看還是映入眼簾？

見る／見える／見られる　▶武哥的魅力

武哥的那則廣告妳看了嗎？

看了唷！
見たよ。

武哥超帥的啦！
不管什麼造型都很好看呢！
真不愧是我的偶像～

啊……真想嫁給他（自言自語）

看到了欸！
見えてきたよ。

真的欸！

差異比比看

說到視覺能力上的「看」時，動詞的說法為「見る」。它的能力形（可能性）說法很特別，有兩種：一個是「見える」，一個是「見られる」，一起來看看到底有什麼不同。

● 見る

一、核心特色：**有意識地主動觀看。**

二、相關例句：

例 山を見ると目が良くなる。
　　看山視力就會變好。
　　※「多看看大自然就會對視力有幫助」的意思

例 映画を見に行きたいです。
　　我想去看電影。

● 見える

一、核心特色：**自然而然映入眼簾的事物，偏向中文的「看得見」。**

二、相關例句：

例 目的地が見えてきました。
　　已經看得到目的地了。

三、可以搭配「～のように」表達「外表看起來很像……」的意思：

例 彼女はモデルのように見える。
　　她看起來就像模特兒一樣。

見られる

一、核心特色：**特意去看，且必須符合某些條件才能看到**，偏向中文的「可以看見」。

二、相關例句：

例 東京に行くとスカイツリーが見られる。
去東京就可以看到晴空塔。

例 映画館に行くと新作映画が見られます。
去電影院就可以看到最新上映的電影。

學習延伸用法

見せる

一、核心特色：「**讓人看見、給別人看**」的意思。

二、相關例句：

例 歯を見せて笑うのが恥ずかしい。
露齒笑是很害羞的。

例 友達に自分のかいた漫画を見せる。
給朋友看自己畫的漫畫。

其他例句

▶▶▶ 表示「有意識地主動觀看」時……

外の景色を見ると心が落ち着く。
看著外面的景色心情就會平靜下來。

▶▶▶ 表示「自然而然映入眼簾的事物」時……

お姉ちゃんは実際の年齢より若く見えるのよ。
姊姊看起來比實際年齡還要年輕喔。

▶▶▶ 表示「特意去看，且必須符合某些條件才能看到」時……

会員登録すると、限定動画が見られます。
登錄會員之後就可以看會員專屬影片。

43. 是放涼還是弄冷？

冷ます／冷やす ▶透心涼「冷」拉麵

姊姊～
我做了拉麵想給妳嚐嚐！

阿弟謝謝你啊～看起來好好吃～
我把它放涼後再吃喔！
冷ましてから食べるね。

西瓜頭
洗手作羹湯

過了一會兒……

咦？拉麵呢？
怎麼不見了……

喔喔……
因為妳說要「弄冷」嘛？
所以我把它放進冰箱涼一下囉！

一臉無辜

不是「弄冷」，是「放涼」啦！
「冷やす」じゃなくて、「冷ます」だよ！

※話說回來，現實生活中應該不會有人想把拉麵放涼再吃就是了

差異比比看

　　說到跟溫度有關的動詞時，我們會想到「把食物弄熱」的動詞是「温める」。說到「冷溫度」的相關動詞時，我們卻會同時看到這兩個動詞：「冷ます」跟「冷やす」，它們究竟有什麼不同呢？

● 冷ます

一、核心特色：**仍然在「常溫以上」。把原本高溫的食物、飲料等弄成室溫或略為溫暖的程度**，多用在液體狀物，其相對應的自動詞為「冷める」。

二、相關例句：

例 スープを冷ましてから飲みます。
　　把湯放涼之後再喝。

例 早く食べないとご飯が冷めちゃう。
　　不快點吃的話，飯菜就要涼了。

三、「冷ます」也可以用在**抽象的比喻**：

例 興奮を冷ます。
　　冷靜下來。
　　※讓自己不要處在那麼亢奮的狀態

冷やす

一、核心特色：在「常溫以下」。把原本處於室溫的食物、飲料等冷卻至低溫的程度，其相對應的自動詞為「冷える」。

二、相關例句：

> 例 冷蔵庫でビールを冷やします。
> 用冰箱冰啤酒。

> 例 冷えたビールが一番美味しい。
> 冰過的啤酒是最好喝的。

三、用來當作比喻用法時，有幾個常見的慣用語，如：

❶ 頭を冷やす　　使頭腦冷靜
❷ 肝を冷やす　　嚇破膽、膽戰心驚

學習延伸用法

冷やかす

一、核心特色：常見的用法為：**「戲弄、挖苦」**，說一些讓對方感到困擾或羞恥的話。

二、相關例句：

> 例 付き合ってもないのに、いつも冷やかされています。
> 明明就沒在交往，但卻老是被戲弄。

其他例句

▶▶▶ 表示「把食物、飲料弄到一般室溫、常溫」

吹いてお湯を冷まそう。
把開水吹涼吧。

▶▶▶ 表示「把食物、飲料弄到低溫」時……

ウーロン茶に氷を入れて冷やします。
加冰塊冷卻烏龍茶。

▶▶▶ 表示「戲弄、挖苦」時……

クラスに仲のいい男女がいたら、
冷やかされちゃうよね。
班上如果有關係很好的男女同學，就有可能會被戲弄呢。

44. 是通過還是穿過？
通る／通す／通う／通じる

▶那些年，我們追過的屁孩

我們到囉！
這裡就是車站的剪票口喔～

來，我來示範一次給你看……
把票放進去之後就可以過去囉！
切符（きっぷ）をこうやって通（とお）したら通（とお）れるんだよ。

知道嗎？

嗯……

或者，我也可以這樣子爬過去

站住！
趕快給我下來！

差異比比看

在學到表示「通過……」的相關動詞時，最先會學到的可能是「通（とお）る」跟「通（とお）す」這兩個字，除此之外，我們還會看到一樣用了漢字「通」寫成的相關動詞，如「通（かよ）う」或者「通（つう）じる」。

◯ 通（とお）る

一、核心特色：為「自動詞」，主要用來表示「**通過**」、「**穿過**」的意思。雖然前方助詞大多接「**を**」，但是**這裡的「を」不是表動作標的物的「を」**，而是表「通過、穿過地點」的意思。

二、相關例句：

例 改札口（かいさつぐち）を通（とお）って向（む）こうに行（い）く。
　　通過剪票口到對面去。

例 あの道（みち）は今工事中（いまこうじちゅう）だから通（とお）れないんですよ。
　　那條路正在施工無法通行喔。

三、也可以用來表示「**舒暢**」、「**通暢**」的意思：

例 一瞬（いっしゅん）で鼻（はな）が通（とお）った。
　　瞬間鼻子就通了。　※「鼻塞好轉」的意思

◯ 通（とお）す

一、核心特色：為「他動詞」，主要用來表示「**使……通過**」、「**透過（方法）**」的意思。

二、相關例句：

例 切符（きっぷ）を通（とお）してください。
　　請把票投入剪票口。　※讓票通過剪票口

例 彼女は通訳を通して自分の意見を伝えました。
她透過翻譯傳達了自己的想法。

三、「通す」還有「帶路」的意思：
例 お客様を5階まで通してください。
請把客人帶到五樓去。

通う

一、核心特色：「通う」這個字為「通勤」、「就學」的意思，給人重複固定往返某地的印象。

二、相關例句：
例 電車で学校に通っている。
我是搭電車上學的。

三、「通う」還有「往返兩地之間」的意思：
例 大阪・東京を通う新幹線。
往返大阪及東京的新幹線。

通じる

一、核心特色：是自動詞，也是他動詞，當作自動詞使用的情形較多。有**交通、通信上的「相通」**，以及**「通曉」某事物、「了解對方心情和想法」**的意思。

二、相關例句：
例 彼は古今に通じる人です。
他是個博古通今的人。
例 話が通じない人。
無法溝通的人。

其他例句

▶▶▶ 使用「自動詞」，表示「通過、穿過」的意思

公園を通って彼女の家に着く。
穿過公園來到她的家。

▶▶▶ 使用「他動詞」，表示「使……通過、透過某種方法」的意思時……

蒸し暑いから、窓をあけて風を通しましょう。
很悶熱，打開窗戶讓空氣流通一下吧。

▶▶▶ 表示「了解對方心情和想法」的意思時……

私たちは気持ちが通じている。
我們的想法、感受是一致的。

45. 我借？你借？究竟是誰借給了誰？

貸す／借りる ▶從小借到大的朋友

求學時期，班上總會有幾個老是不帶文具的同學……

阿和，能借一下鉛筆嗎？
シャーペンを貸してくれない？

喔喔好啊！沒問題！

能不能也借一下橡皮擦呢？
消しゴムも借りていい？

喔喔可以啊……

出社會之後

（又來了……）

阿和～～～
我最近手頭有點緊欸！
可以借點錢給我嗎？

差異比比看

在談到「借東西」時，主要有「貸す」跟「借りる」這兩個動詞，一個是「借出」，而另一個則是「借入」。比較複雜的是，在搭配「～てもいいですか」及「～てくれますか」這兩個句型使用時，需要特別留意主格指的是誰，才能判斷該搭配哪一個動詞。

● 貸す

一、核心特色：為「借出」的意思，主格為「借出方」，把使用權借出去給別人，但是所有權還是在說話者身上。可能是有償借出，也可能是無償借出。

二、相關例句：

例 銀行が彼女にお金を貸しました。
　　銀行借給她錢。

例 お父さんは空き部屋を学生に貸した。
　　父親把空房間租借給學生。

三、「貸す」也有「幫助」、「提供」的意思，有幾個慣用語：

例 彼に力を貸します。
　　幫他的忙。　※直譯：借出自己的手

例 ちょっと手を貸してくれる？
　　能不能幫個忙呢？　※直譯：能不能借一下你的手？

● 借りる

一、核心特色：為「借入」的意思，主格為「借入方」，從別人那裡借得使用權，但是所有權還是在別人身上。可以是有償借入

也可以是無償借入。順帶一提，以月為費用結算單位的月租制度也可以用「借りる」來表達。

二、相關例句：

例 この本を借りたいと思います。
　　我想要借這本書。

例 家を借りて暮らしている。　　租房子生活。

▶▶▶ 搭配句型使用時

～てもいいですか

為「請求對方給予自己許可」的用法，中文多譯為「我可以……嗎？」，て形前方接的是「自己的動作」，主格為「我方」。所以，當我們用「～てもいいですか」來請求對方借我們東西時，動詞用的是「借りる」：

例 ノートを借りてもいいですか？
　　可以借一下筆記嗎？
　　※意指「我」能不能借走「你」的筆記

～てくれますか

為「請求對方替自己做某事」的用法，中文多譯為「你可以幫我……嗎？」，て形前方接的是「對方的動作」，主格為「對方」。所以，當我們用「～てくれますか」來請求對方借我們東西時，動詞用的是「貸す」：

例 ノートを貸してくれますか？
　　可以借我筆記嗎？　　※「你」能不能借「我」筆記

▶▶▶ 結論

　　從上述中我們可以得知，用「借りる」還是「貸す」，首先要看主格為「借入方」還是「借出方」，如果有用到固定句型「～てもいいですか」及「～てくれますか」的話，則要特別留意前方該接續的是「對方的動作」還是「自己的動作」。

其他例句

▶▶▶ 表達「借出」的意思，
　　 把使用權借給別人時……

友達に貸したお金は未だに返ってこないんだよ。 　借給朋友的錢到現在都還沒回來。

▶▶▶ 表達「借入」的意思，
　　 從別人那裡借用使用權時……

借りたお金はまだ返済していないよ。
我借來的錢都還沒還喔。

▶▶▶ 搭配「～てもいいですか」使用時……

お金を借りてもいいですか？
我可以跟你借錢嗎？
※直譯：跟你借錢也可以嗎？

▶▶▶ 搭配「～てくれますか」使用時……

お金を貸してくれますか？
你可以借我錢嗎？

V　動詞　201

46. 工作地點與受雇公司的差異

働く／勤める ▶討厭的遠房親戚

唉唷，這不是小和嗎？
長這麼大啦～
你現在在哪上班啊？

討厭的遠房親戚

我現在就職於○○公司……
今は○○会社に勤めています。

感覺很普通嘛！

我兒子可是在市政府上班喔！
喔呵呵呵呵……
うちの息子は市政府で働いているよ。

是……是嗎
那很好呀！

只是負責幫來訪的客人們量體溫跟噴酒精而已啦……
並不是真的在裡面工作……

36度正常

原來是這樣

※工作不分貴賤，沒有歧視的意思唷！在此僅用來解釋「働く」跟「勤める」的微妙差別

差異比比看

說到「工作」、「上班」等詞彙時，主要有「働く」跟「勤める」這兩個字。

● 働く

一、核心特色：**最普遍代表「勞動」、「幹活」的意思，利用勞力或頭腦去執行工作**，表示「在哪個地方」進行工作，常搭配的助詞為表示「途徑、方法」的「で」。

二、相關例句：

例 お姉さんは工場で働いている。
　　姊姊在工廠工作。

三、也可以用來表示一些抽象的意思：

❶ 機器產生作用、功能
例 機械が働かない。
　　機器動不了。
例 飲んだ薬は働きました。
　　吃下去的藥起了作用。

❷ 精神上的活動
例 勘が働いた。
　　直覺起了作用。

四、也可表示「做壞事」
例 盗みを働く。
　　竊盜。

五、派遣員工等不是被工作地點的公司直接雇用的從業型態，可以用「働く」表示，但並不屬於那家公司的員工：

例 銀行で働いている。
　　在銀行工作。
　　※不一定直接受雇於銀行，可能是派遣員工、警備員等，其所屬、受僱的公司另有他處

○ 勤める

一、核心特色：**主要為「就職於某個公司、單位、團體」，或「從事某行業、職業」的意思**。被某一公司雇用、在那裡上班，常搭配的助詞為靜態、表目的地的「に」。

二、相關例句：

例 銀行に勤めている。
　　就職於銀行。
　　※直接受雇於銀行，可能是行員

例 彼女はデザイナーとしてある会社に勤めています。
　　她以設計師的身份就職於某公司。

三、還有另一替代用法：「勤務する」。

其他例句

▶▶▶ 表達「勞動」、「幹活」時……

朝(あさ)から晩(ばん)まで働(はたら)くなんて辛(つら)すぎるのよ。
從早工作到晚，未免也太辛苦了吧。

▶▶▶ 表達「就職於某個公司、單位、團體」時……

山田(やまだ)さんの娘(むすめ)さんは役所(やくしょ)に勤(つと)めています。　山田先生的女兒就職於政府機關。

▶▶▶ 表達「從事什麼行業、職業」時……

彼(かれ)は通訳(つうやく)として大手会社(おおてかいしゃ)に勤(つと)めている。
他作為口譯任職於某間龍頭公司。

▶▶▶ 表達「做壞事」時……

あの人(ひと)は不正(ふせい)を働(はたら)いたりしていますよ。
那個人有在做一些不正當的事喔。

47. 是躺著還是睡著了？

寝る／眠る　▶站著也能睡

……

好啦……

阿和！不要躺著玩手機！
寝ながらスマホをいじるな！
你想把眼睛弄壞嗎？
給我去把地板給掃了！

過了一會兒後

不知道阿和有沒有乖乖在掃地……
來去偷看一下好了……

喂！搞半天你原來在睡覺喔！
眠っているかい！

你這樣都能睡？

Zzz…

差異比比看

說到與「睡眠」的相關用詞，我們第一個會聯想到的是「寝る」這個字，偶爾還會看到「眠る」。翻成中文時，常常都是翻成「睡覺、休息」的意思，在使用時常常會讓人感到混淆。

○ 寝る

一、核心特色：**主要偏向「躺下」的這個動作，但不限定「進入睡眠狀態與否」**，單純躺下卻沒有睡著，也可以用「寝る」。

二、相關例句：

> 例 寝たまま本を読む。
> 躺著看書。

> 例 疲れたから、今日は早めに寝よう。
> 覺得很累，今天就早點休息吧。

三、由於主要是「躺下」的意思，因此也延伸出**「臥病在床」**等用法：

> 例 病気で一週間寝込んでいます。
> 生病躺床躺了一週。

四、搭配「お金」，還可以表達**「積存」、「儲存起來不利用」**的意思：

> 例 お金を銀行に寝かせています。
> 把錢放在銀行。

五、躺一下的慣用說法：「横になる」。

> 例 だるくて横になりたいです。
> 覺得很疲倦想要躺一下。

V　動詞　207

○ 眠る

一、核心特色：指「閉上眼呈現無意識的狀態」，已經「完全進入睡眠狀態」的意思。由於主要是強調「無意識狀態」，所以不一定是「躺著睡著」，「站著睡著」也一樣可以用「眠る」。

二、相關例句：

例 彼は立ったまま眠ってしまいました。
他不小心站著睡著了。

例 暑くて眠れない。
熱到睡不著。

其他補充

一、用形容詞表示「愛睏」、「想睡」的話，說成「眠い」：

例 眠いのになかなか眠れない。
明明很想睡卻怎麼也睡不著。

二、關於「寝る」、「眠る」的反義字：

❶ 寝る　躺下 ⟷ 起きる　起床

❷ 眠る　睡著 ⟷ 覚める　醒來

其他例句

▶▶▶ 表達「躺下」這個動作時……

寝ながらインスタをやっていた。
一直躺著在玩IG。

▶▶▶ 表達「完全進入睡眠狀態」時……

あの赤ちゃんはすやすやと眠っている。
那個小寶寶睡得很香甜。

▶▶▶ 表達「愛睏」、「想睡」時……

ご飯を食べると眠くなる。
吃完飯後就會想睡覺。

48. 是回家還是回去？

帰る／戻る ▶準時回家錯了嗎

早安～
對啊，不過應該中午就回來囉！

前輩早安！
前輩今天要出差對吧？

中午時分……

我回來囉！
ただいま戻りました。

前輩辛苦了！
剛好是午餐時間
我們一起去吃飯吧！

外面好熱呀……

現在的年輕人
都這麼準時下班的嗎……

啊，下班時間到了！
那我就先回去囉！
帰りますね。♥

※通常，比對方還早走的時候，比較禮貌且自然的說法是「お先に失礼します」，這裡為了符合本單元主題的內容而寫成了「帰る」

差異比比看

「帰る」跟「戻る」這兩個字的出現頻率都很高，但是兩者的用途不同，用錯的話就會跟原本想表達的意思有所出入，有時甚至會讓對方產生誤會。

◯ 帰る

一、核心特色：**所謂的「帰る」，大多是指「回到自己原本所屬的地方」**。有「回歸原點」、「回到出發點」的感覺，在表達「回家、回國」時，基本上都是用「帰る」。

二、相關例句：

例 家に帰ってシャワーしたい。
　　想回家洗澡。

例 嫁は出産で里帰りしています。
　　妻子因待產而回了娘家。

　　※直譯：「因為要生產，所以回娘家、待在娘家」的意思

三、常見錯誤：

例 会社に帰ります。（？）
　　回到公司。

　　※聽起來好像是把公司當家，睡在公司的感覺

四、常見慣用語：

例 お帰りなさい。
　　你回來啦。　※家裡人對從外面回來的人說的話

五、與「帰」字搭配的常用漢字動詞：

❶ 帰宅する　回家
❷ 帰国する　回國

V　動詞　211

戻る

一、核心特色：

所謂的「戻る」，大多是指「回到剛剛待著的地方」。一般情況下，在表達「回公司」、「回旅館」時大多都是用「戻る」，代表那些地方都只是**「暫時停留」**而已。

二、相關例句：

例 用事が済んだら会社に戻ります。
辦完事就回公司。

例 今は外からホテルに戻ったところです。
現在剛從外面回到旅館。

三、也可用於比較**抽象的表達**：

例 話が逸れてしまいました。
本題に戻りましょう。
一不小心就離題了。讓我們回歸正題吧。

其他補充

他動詞的用法，有「返す」跟「戻す」，分別為「歸還」與「將東西放回原位」的意思：

例 借りたお金は返すものだ。
借來的錢就是要還。

例 使い終わったら元の位置に戻してください。
東西用完請放回原位。

其他例句

▶▶▶ 表達「回到自己原本所屬的地方」時……

もう帰ってもいいですよ。
你可以回家了喔。
※「不用待在這也沒關係」的意思

▶▶▶ 表達「回到剛剛待著的地方」時……

さっさと自分の席に戻りなさい！
趕快回到自己的座位！
※很像是老師會對學生說的話

▶▶▶ 表達「抽象的意涵」時……

一度生活水準を上げると、元に戻るのは難しい。
一旦提高了生活水準，就很難再回到從前了。

▶▶▶ 表達「歸還」的意思時……

借りた本を返しに行く。
我去還一下借來的書。

49. 以旅館為家？

住む／泊まる ▶旅館浪人

與久未見面的朋友相聚

櫻子！好久不見了！

阿和！
真的好久不見了呢！

是啊！
話說回來你要投宿哪間旅館啊？
どこのホテルに泊まるの？

好久沒來日本了呢
疫情爆發後就沒再出國了說
好想念在日本旅遊的日子啊……

？住む

我住在上野的旅館裡喔！
上野のホテルに住んでいるよ！

離上野動物園很近呢……

差異比比看

「住む」跟「泊まる」翻成中文時都是翻成「住」，也因此讓許多初學者在造句時容易誤把「住在旅館」寫成「ホテルに住む」。「ホテルに住む」的意思是「我長期以住在旅館為生」，而不是暫時停留，意思差距甚大。

● 住む

一、核心特色：「長期在某地生活」的意思，用來表示「自己的家」或者「生活的所在地」等，接近中文的「居住」。

二、相關例句：

例 大学を卒業してからずっと台北に住んでいます。
大學畢業之後一直都住在台北。

例 彼女はど田舎に住んでいる。
她住在超級鄉下的地方。

三、還可表示動物的「棲息地」：

例 この山の奥にはクマが住んでいます。
這座山的深處有熊棲息著。

四、常見錯誤：

例 ホテルに住む。
我住在旅館。

※長期以住在旅館為生

泊まる

一、核心特色:「一時性地停留」,投宿在自己家以外的地方,接近中文的「過夜」、「投宿」。

二、相關例句:
> 例 今夜は友達の家に泊まります。
> 今晚要在朋友家過夜。

> 例 一度でいいから、高級温泉旅館に泊まってみたい!
> 一次就好,好想住看看高級的溫泉旅館!

三、表達「船隻等暫時停泊於港口」:
> 例 あの船は今、高雄港に泊まっています。
> 那艘船現在停泊於高雄港。

其他補充

表達「移居」時,將「住む」改為複合動詞「移り住む」:
> 例 日本に移り住む予定です。
> 預計移居到日本。

其他例句

▶▶▶ 表達「自己的家」、「生活的所在地」時……

今でも格安なマンションに住んでいますよ。
現在也還是住在很便宜的公寓。

▶▶▶ 表達「過夜」、「投宿」時……

カプセルホテルなら、安く泊まれるだろう。
如果是膠囊旅館的話，就可以住得很省了吧。

▶▶▶ 表達「動物的棲息地」時……

都市開発のせいで、動物たちは住む場所を失った。
因為都市開發的緣故，動物們失去了牠們居住的地方。

▶▶▶ 綜合應用……

吉祥寺に住んでいる友人の家に泊まりに行きたい。
我想去投宿於住在吉祥寺的朋友家。

50. 打開時的開法也有差？

開く／開ける／開く ▶芝麻開門

小時候，一到百貨公司總是喜歡玩那個自動門……

看我的～～～
芝麻開門！！！

咦？怎麼沒開？
あれ？開かない。

當然啊！
又不是你使力讓它開的……

差異比比看

「開く」這個字有兩種發音,一個是發成「あく」,另一個則是發成「ひらく」,此外還會看到另一個字:「開ける」。

● 開く

一、核心特色:為「自動詞」,給人的感覺是「物體自己打開、呈現開著的狀態」,常翻譯成中文「開著」、「空著」,表示原本緊閉的東西呈現打開、分離、有空隙的狀態。

二、相關例句:
例 ドアと窓が開いています。
　　門和窗戶是開著的。
例 風で窓が開いた。
　　風把窗戶給吹開了。

● 開ける

一、核心特色:為「他動詞」,給人的感覺是「使……打開」,強調使之打開、分離的外力因素。

二、相關例句:
例 彼氏がペットボトルの蓋を開けてくれました。
　　男友幫我把寶特瓶的瓶蓋給打開了。
例 弟は勝手に私のバッグを開けた。
　　弟弟擅自打開了我的包包。

開く

一、核心特色：**「自他動詞」兩種皆可用**，給人一種「逐漸能看到內部」的意象，從內側、中心點分離出來的感覺。

二、相關例句：
> 例 扉が開きます。
> 門要開了。
> ※指朝著左右兩邊打開的那種門

> 例 生徒たちは２５ページを開いた。
> 學生們翻開第25頁。

三、也可以表達「**抽象的事物**」、「**活動**」等：
> 例 閉じた心を開きます。
> 敞開心扉。
> ※直譯：敞開緊閉的內心

四、「店を開ける」vs.「店を開く」兩者意思不同：
> ❶ 店を開ける：某人去開店門
> 例 早めに店を開けてお客さんを迎えます。
> 提早開店門去迎接客人。
> ❷ 店を開く：開業、創業
> 例 多くの人の夢はカフェを開いて経営すること。
> 許多人的夢想是開一間咖啡廳來經營。

其他例句

▶▶▶ 表達「呈現開著的狀態」時……

その店は9時に開きます。
那間店於早上九點開門。

▶▶▶ 表達「某人刻意去開的」時……

勝手に人のものを開けてはいけない！
不可以擅自打開別人的東西！

▶▶▶ 表達「從內側、中心點分離出來的打開」

幕が開きました。
好戲要登場了。
※意指：舞台的布幕打開了

▶▶▶ 表達「抽象的事物」、「活動」時……

この時期に飲み会を開くなんて良くないと思う。
我覺得在這個時期舉辦聚會是不太好的。

51. 親自送上車還是讓你自行上車？

乗る／乗せる／乗らせる ▶腳踏車後座的青春時光

差異比比看

我們知道日文中有所謂的「使役形」，顧名思義就是「讓別人做某事」的意思。除此之外，日文中還有一些比較特殊的字，雖然它們的他動詞用起來感覺很像「使役形」，但文法上「並非被歸類為使役形」，而是被歸類到「他動詞」去了，比如本單元要介紹的「乗る」跟「乗せる」即是一例。

◯ 乗る

一、核心特色：「乗る」為「搭乘、乘坐」的意思。要注意，用「乗る」時，主格（主體）必須為「乘坐的那個人」才行。

二、相關例句：

> 例 彼女はタクシーに乗りました。
> 　她搭了計程車。
>
> 例 電車に乗って家に帰る。
> 　我搭電車回家。　※主格「我」被省略

三、還可表達「參加」的意思：

> 例 今年のクリスマスパーティーなんだけど、乗る？　你要參加今年的聖誕派對嗎？
> 　※也可以簡單說成「行く」

◯ 乗せる

一、核心特色：「乗せる」為「讓對方搭乘、乘坐」或「把某物放置在某處之上」的意思，為「乗る」的他動詞。要注意，用「乗せる」時，主格（主體）「並不是乘坐的那個人或被承載的物體」。

二、相關例句：

例 （私は）君を車に乗せます。
　　送你上車。
　　※說話者有參與其中的感覺

例 （私は）買った野菜を自転車の後ろに乗せる。
　　把買的蔬菜放在腳踏車後座。
　　※「乗せる」的標的不一定為「人」

乗らせる

一、核心特色：為「乗る」的使役形態，有點類似他動詞的用法，一樣是「讓對方搭乘、乘坐」的意思。不過，感覺上只是給對方許可、讓對方有權利可以去做，但是說話者並沒有參與其中。

二、相關例句：

例 お父さんは弟を車に乗らせる。
　　爸爸讓弟弟上車。
　　※表達出「允許弟弟上車」，但爸爸並無參與動作的感覺

▶▶▶ 結論

一、乗せる：親自送人上車（說話者參與動作／把某物放置於某處之上）

二、乗らせる：讓對方搭乘（說話者不參與動作）

其他例句

▶▶▶ 表達「搭乘、乘坐」時……

馬に乗ってみたいです。
想要體驗騎馬。

▶▶▶ 表達「讓對方搭乘、乘坐（自己參與其中）」

息子を膝に乗せて本を読んであげる。
讓兒子躺在膝上並唸故事給他聽。

▶▶▶ 表達「把某物放置在某處之上」時……

荷物を棚に乗せてください。
請把行李放置於架上。

52. 是鹹豬手還是不小心？

触る／触れる ▶ 色狼啊！

唉……
好累啊！真不想上學
公車又這麼擠……真煩人……

公車上

緊急煞車

嗚哇喔喔喔喔——！

嘰——！（引擎）

注意

欸你！
你剛剛是不是偷摸了我胸部！
ちょっと君、さっき私の胸を触ったでしょう。

不……只是不小心碰到而已啦……
いや、触れてしまっただけですよ。

差異比比看

關於「碰觸」這個動作，日文中有兩種常見的說法：「触る」和「触れる」，兩者較大的差別為，**一個是有意識的碰觸、一個則是稍微碰觸到。**

○ 触る

一、核心特色：**有意識地碰觸**

　　❶ 用手或者其他部位（大多用於手部居多）**有意識地去碰觸**

　　❷ 碰觸到的物體為**實體居多**

　　❸ **力道比「触れる」要來得大一些**

二、相關例句：

　　例 手で触ってはいけない。
　　　　不可以用手去碰。

　　例 他人のものは勝手に触らないでください。
　　　　別人的東西請不要亂碰。

三、另外還可表達「和某事物有關聯、有關係」的意思：

　　例 この問題には誰も触りたがらないです。
　　　　這個問題是誰都不願意去干預的。

❶ 触れる

一、核心特色：稍微碰觸（無意識地或有意識）

❶ 用手或者其他部位**無意識地**或**有意識地**去碰觸到

❷ 碰觸到的物體可以是**實體**，也可以是**無形**的

❸ **力道比「触る」輕**，有「輕輕碰到、稍微碰到」的感覺

二、相關例句：

例 手を展示品に触れないでください。
請不要碰觸到展示品。

例 ちょっと手が触れてしまっただけ。
手輕輕碰到一下而已。

三、還有「涉及、觸及、談論某話題」的意思：

例 そのことには触れないでください。
請不要提起那件事。

四、表達「體驗」的意思：

例 日本の文化に触れる機会がたくさんあります。
有很多機會可以接觸到日本的文化。

五、與「眼」、「耳」相關的慣用語搭配，表達「用眼睛或耳朵感觸到某事」：

例 目に触れた食べ物は全部美味しそうに見える。
眼前的食物看起來都好好吃。

其他例句

▶▶▶ 表達「有意識地碰觸（多用於手部）」時……

熱いものを触ってしまうとやけどするのよ。
碰太熱的東西手可是會燙傷喔。

▶▶▶ 表達「碰觸到的物體為無形」時……

新鮮な空気に触れよう！
來透透氣吧！
※接觸、呼吸新鮮空氣

▶▶▶ 表達「稍微碰觸」時……

彼女の手に触れてしまいました。
不小心碰到了她的手。

▶▶▶ 與「触る」有關的慣用語……

触らぬ神に祟りなし。
你不惹他，他不犯你。
※此句慣用語的解釋為：只要不和某事物有所瓜葛，自然就不會招致不必要的災難

VI

副詞／形容詞

53. 究竟會不會實現？

いずれ／そのうち ▶總有一天會買給你的

哇……那件衣服好美啊！

原來你喜歡這種款式～我會買給妳的！
そのうち買ってあげるから。

另一方面……

哇，這衣服好美啊！老伴你買給我好嗎？

真的嗎？謝謝小和～～～

總有一天會買給妳的啦！
いずれ買ってあげるから。

‧‧‧‧‧‧

現在先不要……

聽你唬爛……

差異比比看

「いずれ」和「そのうち」用來表示「未來、將來」等之後會發生的事情,兩者的差異為何?用在什麼情境上?以下就來一一說明。

● いずれ

一、核心特色:

❶ 作為「副詞」使用時,表達的是**「雖然沒辦法具體說清楚會在何時發生,但是會在不久的將來發生」**的意思

❷ 「發生這件事」的確信程度會比「そのうち」還高一些(但是時間上是比較遠的)

二、相關例句:

例 いずれ帰国しますから。
　　總有一天會回國的。

例 いずれ海外留学に行くから。
　　總有一天會去國外留學的。

三、當作「代名詞」使用時,為**「哪個、哪一個」**的意思:

例 いずれか一つを選んでください。
　　請任選一個。

四、商業場合上的「いずれ」:職場上有一句話:「いずれお目にかかりましょう。」為「いずれまた、会いましょう。」(有機會再見囉)的正式講法,這句話可以解讀為「在不久的將來見面」,可能只是間隔短短幾個月,也有可能是指好幾年之後。

そのうち

一、核心特色：

❶ 作為「副詞」使用時，**同樣也無法具體說出是何時會發生，表達的是「某件事很快就會發生、實現」的意思**

❷ 與「いずれ」不同的是，「そのうち」表示的是比「いずれ」更近的未來

❸ 「發生這件事」的確信程度會比「いずれ」低一些（但是時間上是比較近的）

二、相關例句：

例 そのうち会いに行くから。
很快就會去見你的。

例 そのうち（病気が）治るだろう。
病很快就會好起來的吧。

三、「そのうち」還可以用來表達「團體中的其中一位」：

例 １０人が合格して、彼氏もそのうちの一人だよ。
有10個人通過了考試，我男友也是其中一位喔。

其他例句

▶▶▶ 表達「會在不久的將來發生」時……

このままだといずれ倒産するだろう。
再這樣下去的話，總有一天會倒閉的。

▶▶▶ 表達「很快就會發生、實現」時……

彼女とはそのうち別れるから。
我很快就會跟女友分手的。

▶▶▶ 表達「哪個、哪一個」時……

いずれもオッケーですよ。
哪個都可以／我都可以啊。

▶▶▶ 與「いずれ」有關的慣用語……

いずれにせよ、私は行かないから。
無論如何，我是不會去的。
※「いずれにせよ」用來表達「無論如何都……」的意思

54. 差一個字差距甚遠？

さすが／さすがに ▶網路亂象 PART2

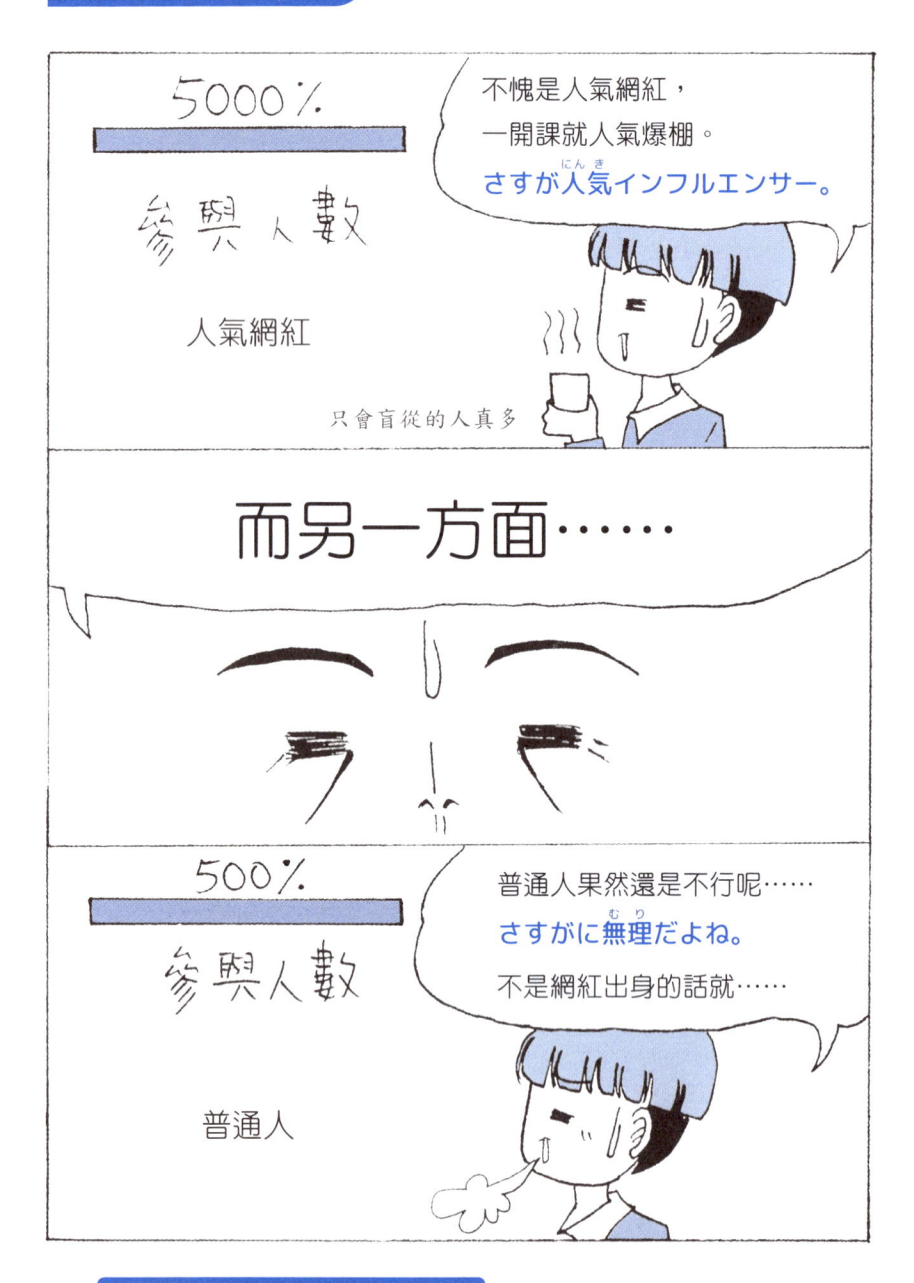

不愧是人氣網紅，一開課就人氣爆棚。
さすが人気(にんき)インフルエンサー。

5000%
參與人數
人氣網紅

只會盲從的人真多

而另一方面……

500%
參與人數
普通人

普通人果然還是不行呢……
さすがに無理(むり)だよね。
不是網紅出身的話就……

差異比比看

「さすが」跟「さすがに」是個很有趣的用法，**兩者明明只差了一個「に」，但是意思卻完全不一樣……**。

● さすが

一、核心特色：

1. 表達**「實際結果跟預想、期待相符，說話者對此表示認同、稱讚」**
2. 後句常接有**「良好」**意味的詞彙，「さすが」主要用來稱讚他人
3. 可寫成漢字「流石(さすが)」

二、相關例句：

> 例 さすがですね！
> 有你的／真不愧是你／真厲害！

> 例 さすが東大生(とうだいせい)だね。
> 不愧是東大的學生，真優秀啊！

三、常見使用方式：

1. 單獨使用
2. 加在對方的名字／稱謂前方

> 例 さすが！
> 不愧是你！

> 例 さすが佐藤(さとう)さんですね！
> 不愧是佐藤先生，真厲害呢！

VI 副詞／形容詞　237

四、用來表達「**程度極高**」時，中文常譯為「**就連……都……**」：

例 さすがの彼も緊張していた。
就連他也是相當地緊張。

※ 預期對方應該不會緊張，但是結果卻出乎意料

● さすがに

一、核心特色：

❶ 後句常接有「**否定**」意味的詞彙

❷ 表達「雖然對於某一方面表示認同，但果然還是有其他不認同的地方」

二、「さすがに」有兩種用法：

❶ 表達「在某種條件下是可以的，但超過這個條件後就變得不太好」

例 あそこまでいじめられたら、さすがに怒るんだよね。
都被欺負到那種地步了，果然還是會生氣的吧。

❷ 表達「話雖如此（一部分認同）但果然還是……」

例 デートは楽しかったけど、一日歩いていたからさすがに疲れたんだよね。
雖然約會很開心，但一整天走下來果然還是好累。

其他例句

▶▶▶ 表達「實際結果跟預想、期待相符,對此表示認同、稱讚」時……

さすが君(きみ)、よくやった。
不愧是你,做得很好!

▶▶▶ 表達「對於某一方面表示認同,但果然還是有不認同的地方」時……

一生懸命(いっしょうけんめい)に勉強(べんきょう)していたけど、
さすがに無理(むり)だった。
已經很努力唸書了,但成績果然還是不理想。
※這裡指「考不好／落榜／成績不滿意」等

▶▶▶ 表達「程度極高」的「さすが」用法……

さすがの私(わたし)も唖然(あぜん)だった。
就連我也驚訝到說不出話來了。

55. 你是哪一種「手」？嚇到吃手手！

下手（へた）／苦手（にがて） ▶ 我這方面不太行

櫻小姐，妳能擔任這份企劃的負責人嗎？

我不擅長做企劃欸……
企画（きかく）が下手（へた）なんですが…

這樣啊……

阿和，我需要你接手這份企劃……

我不擅長做企劃欸……
企画（きかく）が苦手（にがて）なんですが…

啊？你現在是怎樣？這是你份內的工作欸！

嗚哇啊啊……怎麼反應差這麼多……

差異比比看

「下手(へた)」跟「苦手(にがて)」都是用來表達**「不擅長某件事」**的意思,其中「苦手(にがて)」這個用法同時存在著兩種涵意,語感上也跟「下手(へた)」不太一樣,一起來看看它們的差異吧。

◉ 下手(へた)

一、核心特色:

❶ 較客觀表達**「技術拙劣」**、**「能力不佳」**,不含個人情感

❷ 可以用來**評價他人或自己**

二、相關例句:

例 彼(かれ)は口(くち)が下手(へた)です。
他不擅言詞。

例 メイクが下手(へた)です。
我化妝技術很爛／我不會化妝。

三、除了對於事物的評價外,還可用來**「形容結果」**(什麼意思?來看一下例句):

例 下手(へた)にアドバイスをしていたら、大変(たいへん)なことになるよ。 (○)
沒有好好地給出建議的話,是會釀成大禍的喔。

VI 副詞／形容詞　241

苦手(にがて)

一、核心特色：

❶ 較主觀地表達「能力不佳」，含有個人情感，帶著「不想做」的意味

❷ 用來評價自己

二、相關例句：

例 こういう人が苦手(にがて)です。
　　我不擅長應付這樣的人。

例 人前(ひとまえ)でしゃべるのが苦手(にがて)です。
　　不太擅長在人前說話。

三、其他涵意：表達「不喜歡」、「討厭」：

例 私(わたし)は辛(から)いものが苦手(にがて)です。
　　我不喜歡辣的食物／我不吃辣。

四、**可以用來評價事物，但不可以用來形容結果**，聽起來會有違和感：

例 苦手(にがて)にアドバイスをしていたら、大変(たいへん)なことになるよ。（×）
　　沒有好好地給出建議的話，是會釀成大禍的喔。

其他例句

▶▶▶ 表達「較客觀、不含情感地給予低評價」

彼女は料理するのが下手だって。
聽說她不太擅長做菜。

▶▶▶ 表達「較主觀、含個人情感地給予低評價、帶著不想做的心情」時……

男の子に声をかけるのが苦手です。
我不太擅長跟男孩子搭話。

▶▶▶ 表達「不喜歡、討厭」時……

ああいうタイプの女の子が苦手なんだよね。
我不擅長應付那種類型的女生／我不喜歡那種類型的女生。

▶▶▶ 「針對事物結果做評價；形容事物的結果」

下手に口出ししてしまいました。
不小心亂插了嘴。
※有「出聲表態、多言、過問」的意思

VI 副詞／形容詞 243

56. 誇獎不成反而惹惱對方？

かなり／結構(けっこう) ▶我覺得你的能力挺不錯

小和快來看！
上次出遊的照片洗出來了喔！
你快來看看我拍得怎麼樣～

真的嗎？
我要看我要看～

照片

成品感覺很棒呢！
いい仕上(しあ)がりだよね。

我覺得挺不錯的！
結構(けっこう)いいと思(おも)うよ。

蛤？！
你是在瞧不起我嗎？

咦？我說錯什麼了嗎？

不然你來拍啊！

差異比比看

在表示程度的時候,除了「かなり」跟「結構」之外,我們還會常看到「とても」、「非常に」。「とても」跟「非常に」的程度是比「かなり」跟「結構」還要高的,而以下這個單元我們要來看「かなり」跟「結構」的差別。

● かなり

一、核心特色:

❶ 與「結構」的共通特色為:「程度偏高」、「比想像中還高」

❷ 可用於**正面及負面**的評價

❸ 程度上高於「結構」

二、相關例句:

例 外国人にしては、日本語がかなりうまいと思うよ。
以外國人的身份來看,日語算是講得很好的了。

例 今の状況はかなり悪くなっています。
現在的狀況變得相當糟糕。

● 結構

一、核心特色:

❶ 與「かなり」的共通特色為:「程度偏高」、「比想像中還高」

❷ 主要用於**正面肯定**的評價

❸ 程度上低於「かなり」

❹ 含有「雖然沒有到很充分但是已經足夠」、「沒有特別發現什麼缺點」、「能想像會到達一定的水準，但沒想到居然更高」等語氣

二、相關例句：

例 ここのラーメンは安いのに結構美味しいんですよ。
這裡的拉麵很便宜但沒想到還挺好吃的喔。

例 あの子は結構役に立ちました。
那孩子挺派得上用場的。

三、「結構」可以當成形容詞用，用於表達「已經足夠、充分」或「答應別人請求」時使用，由於同時存在著正反兩面的意思，需要視情境、對方表情及語氣等去判斷到底是哪個意思：

例 A：もう一杯いかがでしょうか？
要不要再來一杯呢？

　　B：いいえ、結構です。　　　（反面）
不了，這樣就足夠了。

例 A：宿題を確認してもらえませんか？
能不能幫我看一下作業呢？

　　B：結構です。　　　　　　　（正面）
好啊。

四、用「結構」來稱讚別人的能力，有可能會讓對方覺得發言者自視甚高：

例 結構うまいですね。
挺厲害的。（OS：但是沒有比我好）

其他例句

▶▶▶ 表達「一般來說程度算偏高」時……

お父(とう)さんはかなり飲(の)んでいました。
父親喝多了。

▶▶▶ 表達「雖然沒有很充分但是也已經足夠了」

今回(こんかい)は結構勉強(けっこうべんきょう)していましたよ。
我這次書念得挺認真的喔。

彼氏(かれし)は結構優(けっこうやさ)しい人ですよ。
我男友是個挺溫柔的人喔。

▶▶▶ 以形容詞的形式，表達「已經充分、足夠」、「不需要」時……

コーヒーはいかがでしょうか？
您要不要來杯咖啡呀？

結構(けっこう)です。
不用了。

57. 是滿心期待還是不得不面對？

いよいよ／とうとう ▶終於到了這一天

每個人的一生中，大多都經歷過那段拼命讀書準備考試的時期……

啊哈哈哈

有些人認真地做好準備迎戰……

考試日 8 (Tue)

終於到考試這一天了！
いよいよ受験日（じゅけんび）が来（き）た。
我要把實力發揮得淋漓盡致！

勝券在握

還有些人一直都在混水摸魚……

考試日 8 (Tue)

好不想面對……

啊……考試這一天終究還是來了呀……
とうとう受験日（じゅけんび）が来（き）た。

差異比比看

「いよいよ」跟「とうとう」兩種說法都是用在迎來「結局、最終階段」時使用的，但是傳達出的語氣卻不相同。

○ いよいよ

一、核心特色：

❶ 期待地迎來最終階段，給人感覺較正向

❷ 終於到了某個重要且關鍵的時刻

二、相關例句：

例 いよいよ野球の決勝戦が始まるぞ。
棒球決勝戰終於要開打囉！

例 いよいよ結婚式だね。
婚禮這一天終於來臨了。

○ とうとう

一、核心特色：

❶ 經過一段長時間之後，終於迎來了結果或者結果沒有實現

❷ 有時會給人較負面的感覺

二、相關例句：

例 とうとう最後(さいご)になりました。
　　終於來到最後了。
　　※可以用在許多情境上，用來表示「來到最後、最終階段」的意思

例 とうとう最終回(さいしゅうかい)を迎(むか)えてしまいました。
　　終於迎來了最終回。

▶▶▶ 結論：兩種不同的表達方式

所以，同樣一句話，可以用「いよいよ」也可以用「とうとう」，只是傳達給人的感覺不一樣：

例 いよいよ受験日(じゅけんび)だ。
終於到了考試這一天了！

例 とうとう受験日(じゅけんび)だ。
考試這一天終究還是來臨了。

其他例句

▶▶▶ 表達「終於到了某個重要且關鍵的時刻」

> いよいよグッズの販売が始まるぞ！
> 商品就快開賣了哦！

▶▶▶ 表達「經過一段長時間之後，終於迎來了結果或者結果沒有實現」時……

> とうとう今年も終わってしまったのか。
> 今年終究還是結束了啊。

▶▶▶ 習慣說成「いよいよ」的情況……

> いよいよ明日が手術ですね。
> 明天就是手術日了呢。

※即便「動手術」對病方本人來說可能不是件開心的事，但醫方在對病患說這句話時，還是會習慣以「いよいよ」去表達比較樂觀、積極的態度，此用法便夾帶了「期待術後成果」的語氣

58. 是忍不住還是沒留意？

つい／うっかり ▶摔破杯的孩子

嗚嗚……
馬麻好兇、馬麻罵我……
嗚嗚嗚嗚嗚……

唉呀呀～寶貝女兒～
妳怎麼啦？怎麼在哭呢？

因為……
因為我不小心把杯子打破了……
うっかりコップを落としちゃったから。

發生什麼事了嗎？
為什麼會被馬麻罵呢？

原來是這樣

親愛的
妳也沒必要把孩子罵成那樣吧？
她都哭一整天了說……

抱歉，實在忍不住所以就發火了
ごめん、つい怒っちゃった。

差異比比看

中文裡，當我們在說「不小心」的時候，對應到的字詞通常會是「つい」跟「うっかり」，這兩種講法都伴隨著說話者「感到遺憾、後悔」的語氣。

● つい

一、核心特色：

❶ 沒有打算要做但卻不小心做了，表示「條件反射」、「自己無法控制」

❷ 常用在「習慣性的行為」上

❸ 說話者表現出的責任感較低

❹ 中文常譯為「忍不住」、「不由得」等

二、相關例句：

例 つい食べてしまいました。
忍不住就吃掉了。

例 ついテレビを見ちゃった。
忍不住就又看了電視。

※ 以上用法表達出「明明知道做了不好，但是卻無法控制自己不去做」的語氣

三、可以用來表達「發生的時間或距離很近」的意思：

例 ついこの間の事でした。
那是最近才發生的事。

例 ついそこです。
就在那邊而已／近在幾呎之內。

VI　副詞／形容詞　253

● うっかり

一、核心特色：

❶ 由於自己的疏忽而造成不好的結果，表示「**粗心大意**」、「**沒有多加注意**」

❷ 用於**負面的結果**

❸ 中文常譯為「**不小心**」、「**沒留意**」

二、相關例句：

例 うっかり秘密をしゃべってしまいました。
不小心把秘密說出去了。

例 うっかりテストを忘れてしまった。
不小心把考試給忘了。

三、也可以用來表達「**發呆、發愣**」的意思：

例 うっかりしていて、間違えて違う駅で降りてしまいました。
發著呆沒留神，一不小心就下錯站了。

學習延伸用法

● わざと

「わざと」為「うっかり」的反義字，表達「**故意去做**」的意思：

例 わざととぼけたでしょう？
你是故意裝傻的吧？

其他例句

▶▶▶ 表達「沒有打算要做但卻不小心做了」時……

つい要(い)らないものを買(か)ってしまった。
一不小心就買了用不到的東西。

▶▶▶ 表達「由於自己的疏忽而造成不好的結果」

うっかり傘(かさ)を電車(でんしゃ)に置(お)き忘(わす)れてしまった。
一不留意就把傘忘在電車上了。

▶▶▶ 表達「故意去做」時……

わざと壊(こわ)したでしょう？
你是故意把東西弄壞的吧？

59. 說「無聊」可能會傷到對方？

つまらない／くだらない

▶妳為了這麼無聊的事在煩惱喔

唉……
好煩惱呀……

妳怎麼了？
怎麼這樣唉聲嘆氣的？

明天要面試了，結果臉上長了個大痘痘害我現在整個超沒自信的，都不敢讓別人盯著我的臉看……這樣我明天要怎麼去面試啊（哭）

什麼嘛！
妳為了這麼無聊的事在煩惱喔？
そんなくだらないことで悩(なや)んでいるの？

神經大條

啊哈哈哈……誰都會長痘的嘛！

好……好過分

差異比比看

「つまらない」跟「くだらない」都很常被翻成中文的「無聊」，但是這兩個字傳達給母語者的感受卻是大不相同。

● つまらない

一、核心特色：

❶ 主要用來表達「無聊」、「沒意思」，表達出自己對某事物「不感興趣」

❷ 用來形容某行為沒有意義

二、相關例句：

例 あの人の話はつまらない。
　　那個人講的話很無聊。

　　※ 談話內容不有趣

例 今の仕事は退屈でつまらないです。
　　現在的工作單調且無聊。

三、可表達「不是什麼大不了的東西」，為謙遜語，是送禮時的慣用句：

例 つまらないものですが、お納めください。
　　不是什麼大不了的東西，還請您收下。

現在已經比較少用這種過度謙虛的說話方式了，因為聽起來會有些失禮，可以改說成：

例 ほんの気持ちですが、お納めください。
　　這是我小小心意，還請您收下。

VI　副詞／形容詞　257

○ くだらない

一、核心特色：

❶ 不具有被拿出來談論的價值，也就是**「沒有價值」**

❷ 「くだらない」的動詞原形「くだる」帶有「有道理」的涵意，改為否定形的「くだらない」自然就變成了「沒有道理」、「沒有價值」的意思

二、相關例句：

例 あの人はいつもくだらないことを言っている。
那個人老是在說一些廢話。

例 あんなくだらない人と付き合うな。
別跟那種人來往。
※ 這句話的語氣很重

▶▶▶ 結論

由此我們可以得知，**「つまらない」**比較偏向「感到無聊」、「不有趣」的意思，單純陳述自己的感想和評價；而**「くだらない」**則偏向**「程度很低」、「沒有價值」，有進一步輕視對方的語氣在內**，是一個聽起來滿刺耳的表達方式，實際上用到的機會較少。

其他例句

▶▶▶ 表達「無聊、沒意思」時……

つまらない仕事ばかりで、もう我慢できない。
老是做著這些無聊的工作，真的快受不了了。

▶▶▶ 表達「無聊、沒意思」時……

つまらないことを気にするな。
別在意這種雞毛蒜皮的小事啦。

▶▶▶ 表達「沒有價值、意義，帶點輕視的意味」

くだらない映画を見るのは時間の無駄だよ。
看這種毫無價值的電影簡直就是在浪費時間。

60. 秀出自己的拿手絕活

上手／得意（じょうず／とくい） ▶人類觀察

阿和很擅長彈鋼琴對吧？
和(かず)はピアノが上手(じょうず)だよね。

唉呀……你過獎了
馬馬虎虎啦！
那是我小時候學的了

你呢？
你擅長什麼？

喔喔，我啊……

怎……怎麼感覺好像有點難搞……

我最擅長
觀察人類
囉……
人間観察(にんげんかんさつ)が
一番得意(いちばんとくい)な
んだよ…
喔呵呵呵呵

差異比比看

呼！恭喜大家來到最後一個單元！（笑）

「上手（じょうず）」跟「得意（とくい）」都用來表達「很擅長某方面的事物」、「某方面的技能很優秀」，一個是用來形容他人，而另一個則是用來形容自己。另外，使用時還要注意形容的對象為第幾人稱，因為會影響到該用「上手（じょうず）」還是「得意（とくい）」。

● 上手（じょうず）

一、核心特色：

❶ 很擅長某技能，給予高分評價，帶有「**誇獎**」的語氣

❷ 因為帶有「誇獎」的語氣，所以「上手（じょうず）」只能用在他人身上

二、相關例句：

例 彼女（かのじょ）はイタリア料理（りょうり）が上手（じょうず）ですよ。
　　她很會做義大利料理喔。

例 あの人（ひと）は英語（えいご）が上手（じょうず）だよ。
　　那個人英語很好喔。

　　※ 另一個更普遍的說法是：「ペラペラ」，用來形容「講得很溜」

三、要注意的是，「上手（じょうず）」不能用於「科目類」的技能：

例 数学（すうがく）が上手（じょうず）です。　　（×）
　　数学（すうがく）が得意（とくい）です。　　（○）
　　數學很好／數學是拿手科目。

VI 副詞／形容詞　　261

得意

一、核心特色：

❶ 對於某技能相當「有自信」

❷ 「得意」可用在他人（第三人稱時）或自己身上

二、相關例句：

例 彼女は国語が得意です。
她的國文很好／國文是她的拿手科目。

例 人前で話すのが得意ではない。
我不太擅長在人前說話。

三、要注意的是，「得意」用在他人身上時，是以「第三人稱」的方式出現，不太會在當事人面前直接用「得意」表揚對方：

例 君は水泳が得意でしょう。　（✗）
君は水泳が上手でしょう。　（○）
你很會游泳對吧？

其他例句

▶▶▶ 表達「很擅長某技能、帶有誇獎的語氣」

彼女は絵をかくのが上手だよ。
她很會畫畫喔。

▶▶▶ 表達「對於某技能相當有自信」時……

しゃべるのが苦手ですが、聞くのは得意ですよ。
不太擅長說話,但是擅長傾聽。

▶▶▶ 表達「科目類的技能」時……

弟は物理が得意です。
物理是弟弟的拿手科目。

後記：自學歷程

在本書的最後，我想跟各位親愛的讀者朋友們說說我的心裡話。（跟本書內容可能沒有太大關聯……還請讀者見諒。）

其實筆者完全不是個讀書的料。

打從有記憶以來，成績一直都差強人意，甚至可以說不太好。讀了間普通的高中，再讀了間普通的大學，可能再度過一個索然無味的人生？

曾經我也茫然，自己的價值在哪？有什麼自己能夠抓住的東西？同儕中揮之不去的自卑感困擾了我許久，但也讓我下定決心放手奮力一搏。

大三是一個重要的轉捩點，那一年我開始自學日文。
同時幫自己訂了一個目標：畢業後直接飛日本找工作，然後也許定居下來？

在掐指一算後發現實際所剩時間只有一年半的情況下，這個目標看起來確實頗具挑戰。

站在現在這個時間點回首過往，讓這一切的經歷顯得更別具

意義。因為看似不相關的一切，現在卻連成了一條線。

　　最後雖然是自己主動放棄了續留日本的機會，但是仍然感謝當年的自己，願意試著鼓起勇氣去做那些他人口中「不可能的事」，仍然對世界抱有著期待和好奇心。

　　站在當年的時間點下，如果你問我：「你能達到你想要的目標嗎？」我會說：「我不知道，真的不知道。」

　　「但我們可以試試看。」

　　日文中有一句我很喜歡的話：「見逃し三振より空振り三振。」這句話想傳達給他人的想法是：「與其後悔沒做，還不如做了之後再來後悔。」也就是「不要留下任何遺憾」的意思。

　　你心中也有什麼事是你非常渴望實現的嗎？
　　對你來說，人生中最重要的事情，會是什麼呢？
　　是家人朋友的相聚時光？還是希望自己能成為一位能手心向下、幫助他人的人呢？值得我們好好地去思考及探索。
　　但願我們都能發掘內心真正的自己，無悔地度過有意義的一生。

加入晨星

即享『50 元 購書優惠券』

回函範例

您的姓名： 晨小星

您購買的書是： 貓戰士

性別： ●男 ○女 ○其他

生日： 1990/1/25

E-Mail： ilovebooks@morning.com.tw

電話／手機： 09××-×××-×××

聯絡地址： 台中 市 西屯 區
工業區 30 路 1 號

您喜歡： ●文學/小說 ●社科/史哲 ●設計/生活雜藝 ○財經/商管
（可複選）●心理/勵志 ○宗教/命理 ○科普 ○自然 ●寵物

心得分享： 我非常欣賞主角…
本書帶給我的…

"誠摯期待與您在下一本書相遇，讓我們一起在閱讀中尋找樂趣吧！"

國家圖書館出版品預行編目（CIP）資料

日文語感速成班／楊筠（Yuna）著. -- 二版. -- 臺中市：晨星出版有限公司, 2025.06
272面；16.5×22.5公分. -- （語言學習；22）
ISBN 978-626-420-116-2（平裝）

1.CST：日語 2.CST：語法

803.16　　　　　　　　　　　　　　114005489

語言學習 22

日文語感速成班

60堂YouTube影音情境式教學，
從日常到商務一秒身歷其境，自然而然學會道地日語

作者	楊筠 Yuna
編輯	余順琪
影片教學	楊筠 Yuna
日文錄音	小辻菜菜子 Nanako Kotsuji
封面設計	初雨有限公司
內頁設計	陳佩幸
內頁排版	林姿秀
創辦人	陳銘民
發行所	晨星出版有限公司 407台中市西屯區工業30路1號1樓 TEL：04-23595820　FAX：04-23550581 E-mail：service-taipei@morningstar.com.tw http://star.morningstar.com.tw 行政院新聞局局版台業字第2500號
法律顧問	陳思成律師
初版	西元2022年06月15日（初版書名：最強日文語感增強術）
二版	西元2025年06月01日
讀者服務專線	TEL：02-23672044／04-23595819#212
讀者傳真專線	FAX：02-23635741／04-23595493
讀者專用信箱	service@morningstar.com.tw
網路書店	http://www.morningstar.com.tw
郵政劃撥	15060393（知己圖書股份有限公司）
印刷	上好印刷股份有限公司

定價 380 元
（如書籍有缺頁或破損，請寄回更換）
ISBN：978-626-420-116-2

Published by Morning Star Publishing Inc.
Printed in Taiwan
All rights reserved.
版權所有・翻印必究

| 最新、最快、最實用的第一手資訊都在這裡 |